COLLECTION FOLIO

Robert Walser

Le brigand

Traduction de l'allemand
et postface
de Jean Launay

Gallimard

Titre original :
DER RÄUBER

Robert Walser est né en 1878, à Bienne, dans le canton de Berne. Il avait sept frères et sœurs. Il publie son premier roman, *Les enfants Tanner*, en 1907. Son deuxième roman, *Le commis*, paraît en 1908, et en 1909, *L'Institut Benjamenta*.

Il écrit ensuite des poèmes et de petits textes en prose. Son dernier livre, *La rose*, paraît en 1925. En 1933, il entre dans une clinique qu'il ne devait plus quitter. Il meurt en 1956, le jour de Noël.

Édith l'aime. Nous y reviendrons. Peut-être, s'agissant d'un bon à rien qui n'a pas un sou, n'aurait-elle jamais dû ouvrir de relations avec lui. Il semble qu'elle lui envoie des déléguées, ou comment dire, des chargées de mission. Il a des amies, comme ça, un peu partout, mais il n'y a rien de sérieux là-dedans, et encore moins avec la fameuse histoire des cent francs. Jadis il lui est arrivé par pure générosité, par philanthropie, de laisser en d'autres mains cent mille marks. Quand on rit de lui, il rit aussi. Rien que ce trait pourrait déjà paraître inquiétant chez lui. Il n'a pas même un ami. « Depuis le temps » qu'il est ici parmi nous, il n'a pu réussir, et il en est très content, à obtenir du monde masculin une quelconque marque d'estime. N'est-ce pas la preuve d'une absence de talent, des plus criantes qu'on puisse imaginer ? A beaucoup, et depuis longtemps, ses manières polies « tapent sur les nerfs ». Et cette pauvre Édith qui l'aime, et lui, pendant ce temps-là, comme il fait très chaud en ce moment, il va se baigner le soir jusqu'à des neuf heures et demie ! Soit, qu'il le fasse, mais qu'il n'aille pas se plaindre. La peine incroyable qu'on s'est donnée pour le former ! Croit-il donc, ce Péruvien, ou comme il voudra se dire, qu'il pourrait s'en charger lui-même ? « Qu'est-ce que c'est ? » C'est comme cela que des filles du peuple s'adressent à lui, et cet idiot, Dieu sait s'il en a l'air, trouve cette façon de lui demander ce qu'il veut charmante. Cela fait un moment qu'elles le traitent, ici ou là, comme si son cas était réglé, et le comble, c'est qu'il aime ça. Elles le regardent comme si elles allaient dire : « Encore ce type impossible, pour ne pas changer. Ah, quel ennui. » On le regarde de travers, et lui, ça l'amuse. Aujourd'hui il a plu un peu et, ainsi donc, elle l'aime. Elle l'a pris en affection, on pourrait dire du premier coup d'œil, mais lui n'a pas cru que c'était possible. Et maintenant il y a cette veuve morte à cause de lui. Nous reviendrons sans aucun doute sur cette relativement honorable femme, qui possédait un magasin dans une de nos rues. Notre ville ressemble à une grande ferme, tant ses parties forment un joli tout. De cela aussi il y aura plus à dire. De toute façon je serai bref. Croyez bien que je ne vous dirai que des choses convenables. C'est que je me tiens pour un auteur sérieux, en quoi je suis peut-être bien fou. Peut-être y aura-t-il, mêlées au flot, des choses moins sérieuses. Et donc, pour en revenir à ces cent francs, il n'y a rien eu du tout. Comment peut-on être aussi plat que ce rieur incorrigible qui doit se laisser dire par ces porteuses de jolis tabliers, dès qu'elles l'aperçoivent : « C'est le comble. Il ne manquait plus que lui. » Naturellement ce sont des mots qui le font trembler un peu quand il y pense, mais il oublie toujours tout. Il faut être un bon à rien comme lui pour laisser filer ainsi constamment de sa tête tant de choses importantes, belles, utiles. Être toujours fauché, c'est le signe d'un bon à rien. Un jour il était assis comme cela sur un banc dans la forêt. Quand était-ce ? Les femmes de la bonne société sont plus indulgentes avec lui. Serait-ce parce qu'elles le pensent capable d'audaces ? Et que des directeurs lui donnent la main ! N'est-ce pas tout à fait curieux ? A ce brigand ?

Le je-m'en-foutisme des piétons dans la rue irrite les automobilistes. Et puis, pour dire les choses rapidement, j'ai là un représentant qui ne m'obéit pas. Je l'abandonne à sa mauvaise tête. Je saurai superbement l'oublier. Mais il y a aussi qu'un type très moyen a eu quelque succès auprès d'Édith. Tout ce qu'on peut dire, c'est qu'il porte un de ces élégants chapeaux qui confèrent à tous ceux qui en portent un air à la mode. Je suis moi-même moyen et je me réjouis de l'être, mais le brigand sur le banc dans la forêt ne l'était pas, sinon il lui aurait été impossible de se dire à voix basse :

« Il y a eu un temps où je gambadais dans les rues d'une ville claire en qualité de commis et en proie au délire patriotique. Si ma mémoire est bonne, ma patronne m'envoyait chercher un verre de lampe, ou une chose de ce genre. Je gardais un vieillard à l'époque et j'expliquais à une jeune fille ce que j'avais été avant de faire sa rencontre. Et à présent je vis dans une oisiveté dont la justice m'oblige à dire que l'étranger en est responsable. A l'étranger, sur ma seule promesse de montrer du talent, j'étais payé au mois. Mais au lieu de faire dans la culture, l'esprit, etc., j'allais à la chasse aux distractions. Un jour mon bienfaiteur me fit part de l'inconvenance qu'il lui semblait apercevoir dans l'idée de m'entretenir plus longtemps. Cette nouvelle me rendit presque muet d'étonnement. J'allai m'asseoir à ma jolie table, c'est-à-dire sur le divan. Ma logeuse me trouva en larmes. "Ne t'en fais pas, dit-elle. Si chaque soir tu me racontes quelque chose de beau, tu pourras venir dans ma cuisine te faire cuire gratuitement les côtelettes juteuses que tu aimes. Tout le monde n'est pas naturellement fait pour se rendre utile. Tu fais exception." Ces mots firent à leur tour que je pus continuer à exister sans rien faire. Le train m'a ensuite conduit jusqu'ici afin que le visage d'Édith me soit terrible. La souffrance qu'elle me cause est pareille à la planche d'une bascule sur laquelle les occasions de rire se balancent. » Ainsi se parlait-il sous un toit de feuilles, après quoi il rejoignit en quelques bonds un pauvre ivrogne qui cacha aussitôt sa bouteille dans son manteau. « Arrête, toi que voilà, s'écria-t-il, confesse le secret que tu dissimules au monde. » L'interpellé se tint immobile comme une colonne, non sans sourire. Ils se dévisagèrent, sur quoi le pauvre homme hochant la tête poursuivit son chemin, en égrenant à voix basse toutes sortes d'expressions relatives à l'esprit du temps. Le brigand les recueillit toutes soigneusement. La nuit s'était faite, et notre connaisseur de la région de Pontarlier rentra chez lui, avec une grande envie de dormir. Pour ce qui est de la ville de Pontarlier, il la connaissait grâce à un livre connu. On y trouve notamment un château fort où un poète ainsi qu'un général nègre logèrent quelque temps agréablement. Avant que notre liseur assidu et grand amateur de la langue française eût regagné son nid ou son lit, il se dit : « Voici longtemps déjà que j'aurais dû lui rendre ce bracelet. » A qui pensait-il donc parlant ainsi ? Étrange monologue sur lequel très probablement nous reviendrons. Il cirait toujours ses chaussures lui-même, le matin vers onze heures. A onze heures et demie il dévalait l'escalier. A midi il y avait généralement des spaghetti, eh oui, et il en mangeait toujours très volontiers. Comme il lui semblait curieux parfois qu'il ne fût jamais las de les trouver à son goût. Hier je me suis taillé une badine. Représentez-vous cela : un auteur se promène dans la campagne du dimanche, cueille une badine, qui lui va colossalement bien, pense-t-il, mange un petit pain au jambon, trouve, tandis qu'il avale ce petit pain au jambon, la serveuse, dont la taille merveilleuse évoque sa badine, faite pour entendre la question qu'il lui pose : « Mademoiselle, voudriez-vous prendre ma badine et m'en donner un bon coup sur les doigts? » Confuse elle s'éloigne de l'impétrant. Jamais jusqu'alors on ne lui avait fait part d'un vœu semblable. J'entrai dans la ville et touchai de ma baguette un étudiant. D'autres étudiants étaient assis dans un café autour d'une table ronde. Le touché mc regarda comme s'il regardait quelque chose de jamais vu encore, et tous les autres étudiants me regardèrent de la même façon. Comme si d'un seul coup ils découvraient n'avoir jamais compris un tas de choses. Qu'est-ce que je dis là ? En tout cas tous firent pour des raisons de bienséance comme s'ils étaient très étonnés, et maintenant le héros de mon roman, ou celui destiné à le devenir, remonte la couverture jusque sur sa bouche et pense à quelque chose. Il avait pour habitude de penser toujours à quelque chose, de gamberger, pour ainsi dire, bien que personne ne le payât pour cela. D'un oncle qui avait passé sa vie à Batavia il reçut une somme de combien de francs? Nous ne connaissons pas exactement cette somme. Il y a toujours quelque chose de très bien à ignorer les choses. Notre Petrucchio mangeait de temps à autre au lieu d'un déjeuner ordinaire, c'est-à-dire complet, un simple gâteau au fromage accompagné d'un café qu'il se faisait servir. Toutes choses que je ne pourrais vous décrire, si son oncle de Batavia ne l'avait pas aidé. Grâce à cette aide il poursuivait, si l'on peut dire, sa curieuse existence et grâce à cette existence peu commune et tout aussi bien très commune je bâtis ici un livre sérieux duquel il n'y a absolument rien à apprendre. Il y a en effet des gens qui veulent tirer des livres des enseignements pour la vie. Pour cette sorte de gens très respectables je dois donc dire qu'à mon immense regret je n'écris pas. Si c'est dommage ? Et comment ! Ô toi le plus sec, le plus solide, le plus brave, le plus bourgeois, le plus aimable, le plus tranquille de tous les aventuriers, dors bien maintenant. Le nigaud, qui se contente d'une mansarde au lieu de crier à pleine voix : « Alors, où est le palais que vous avez le devoir de mettre à ma disposition ? » Il ne sait pas y faire, voilà tout.

Je ne sais pas si j'ai ou non qualité pour dire, comme ce prince Wronsky dans le livre *Humiliés et Offensés* du Russe Dostoïevski, qu'il me faut de l'argent et des relations. Il est possible que je mette très bientôt une annonce matrimoniale dans une de nos gazettes locales. Le soir où ce goujat, après son dîner qui consistait pour l'essentiel de poulet et de salade, jeta son pourboire sur la table devant elle si gracieuse, si belle. Vous aurez deviné, mes amis, que je parle du brigand et de son Édith, qui de temps à autre faisait la serveuse dans ce restaurant très chic. Un démon pourrait-il traiter l'objet de sa vénération d'une façon plus grossière, plus brutale, plus dépourvue d'égards? Vous n'imaginez pas la quantité de choses que j'ai à vous dire. Nécessaire, disons important, serait pour moi éventuellement d'avoir un ami solide, bien que je tienne l'amitié pour irréalisable, parce qu'elle représente une tâche trop difficile, semble-t-il. Sur ce point spécialement il y aurait toutes sortes de réflexions à faire, mais mon petit doigt m'enjoint de ne pas m'éparpiller. J'ai vu aujourd'hui un orage merveilleux dont le fracas m'enivrait. Bon, bon. Je crains déjà d'avoir terriblement ennuyé le lecteur. Où sont donc passées toutes ces « idées fameuses », comme celle, par exemple, du moment où le brigand loge chez la femme qui a ce goitre énorme? Le mari de cette femme était cheminot, ils habitaient sous le toit. Au rez-de-chaussée il y avait un marchand de musique, et dans les bois qui dominaient la ville demeurait une vagabonde dont les lèvres n'exhalaient pas le meilleur parfum, ce qui ne l'empêchait pas de les couvrir de courageux baisers, lui, qui de la femme au goitre vint directement à Munich dans l'idée de s'y établir, sait-on jamais, comme génie. Au clair de lune il traversa le lac de Constance. Il s'agit, dans cette affaire de voyage à Munich et de femmes goitreuses, d'événements anciens. A Munich il s'acheta, c'était le moins, une paire de gants glacés. Il n'en porta plus jamais par la suite. Le Jardin anglais lui faisait l'effet d'être presque trop délicat. Il était plus habitué aux broussailles qu'au gazon tondu. Quant aux goitres, on n'en voit plus guère remuer en public de nos jours. De ce point de vue, des changements visibles ont eu lieu. Très petit, au cours d'une promenade avec les parents, je vis une fois un mendiant assis par terre. Une main énorme présentait un chapeau aux promeneurs pour qu'ils y jettent leur aumône. Cette main était une vraie motte de bleu et de rouge. Aujourd'hui on n'autoriserait plus guère une main aussi voyante à se faire remarquer. Il est vrai qu'entre-temps la médecine a fait des progrès, de sorte que des excroissances comme sont les goitres et les mains de Cyclope peuvent être étouffées dans l'œuf. La femme au goitre souhaita à l'aventurier prenant congé d'elle tout le bien possible pour sa carrière. Elle avait même des larmes dans les yeux. N'était-ce pas gentil de sa part de se conduire comme une mère dans une séparation de hasard, et maintenant je cherche, comme ce prince russe dans le roman du célèbre romancier, toutes sortes de choses aussi agréables que possible pour moi, et mon petit brigand devra s'excuser auprès de son amie pour s'être écrié à pleine voix en sa présence et celle d'autres clients : Vive le communisme ! Je faciliterai l'accomplissement d'un devoir qu'il reconnaît en l'accompagnant, car il souffre d'un manque d'assurance. Beaucoup d'audacieux manquent de courage, et beaucoup de fiers, de fierté, et beaucoup de faibles, de la force d'âme de reconnaître leur faiblesse. Et on voit donc souvent des faibles se présenter comme des forts, des moroses comme des gais, des humiliés comme des fiers, des vaniteux comme des modestes, comme moi, par exemple, qui par pure vanité ne me regarde jamais dans la glace, laquelle glace me fait l'effet d'être insolente et désagréable. Il n'est pas exclu que je m'adresse par courrier à une représentante de nos dames, en l'assurant principalement de ma volonté bonne et entière, mais peut-être serait-ce mieux de ne rien assurer du tout. On pourrait penser que je me crois mauvais. Sur ma table il y a des revues. Peut-on être médiocre quand on a été nommé abonné d'honneur? Je reçois souvent des lettres par paquets, ce qui montre clairement qu'ici et là on pense vivement à moi. Si je devais rendre visite ici, où une visite veut dire quelque chose, je prendrais un air ravi, déférent, et pour le reste, je ferais un peu comme si je gardais une main dans la poche, un rien de gaucherie donc. C'est amusant de paraître un peu maladroit, je trouve que cela suggère quelque chose de beau. Pauvre brigand, je te néglige complètement! On dit qu'il aime beaucoup la bouillie de semoule, et si vous lui faites un bon rösti, il vous aimera. Je le calomnie un peu en disant cela, mais un type pareil n'est pas à cela près. Parlons à présent de cette défunte veuve. En face de moi il y a une maison dont la façade est un poème. Les troupes françaises qui entrèrent en 1798 dans notre ville ont déjà pu voir le visage de cette maison, à supposer qu'elles se soient donné la peine ou aient eu le temps d'y faire attention.

C'est irresponsable, à la fin, d'être oublieux à ce point. N'y a-t-il pas eu jadis cette rencontre que fit le brigand dans un petit bois blême de novembre, juste après qu'il eut fait son apparition dans une imprimerie où il avait bavardé une petite heure avec son propriétaire, de la femme peinte par Henri Rousseau, habillée toute en brun? Il resta saisi devant elle. L'idée lui traversa l'esprit que jadis au cours d'un voyage en chemin de fer, la nuit, s'adressant à une femme qui voyageait avec lui, il avait eu, si je puis dire, ce mot express « Je vais à Milan ». De la même façon, avec la soudaineté de l'éclair, il pensait à présent aux täfeli qu'on achète dans les épiceries. Les enfants aiment beaucoup cela et monsieur le brigand en mangeait lui-même encore volontiers, de temps à autre, comme si l'amour des täfeli était une obligation liée à l'état de brigand. « Ne mens pas! » dit alors la dame en brun, ouvrant à cette occasion une bouche charmante. Intéressant, n'est-ce pas, cette bouche charmante, et elle poursuivit : « Tu veux toujours faire croire à tous ceux qui t'entourent et qui voudraient faire de toi quelque chose de valable, qu'il te manque la chose qui importe à la vie et ses agréments. Mais te manque-t-elle, cette chose essentielle ? Non, puisque tu l'as. Simplement tu n'y prends pas garde, tu fais comme si c'était un fardeau. Durant toute ta vie tu as ignoré le bien que tu possédais... — Je ne possède, répondis-je, aucun bien dont je n'aurais pas eu envie de faire usage. — Si, tu en possèdes un, mais tu es indiciblement paresseux. Des plaintes par centaines, qu'elles soient injustes ou motivées, font comme un long serpent ou comme une très sombre traîne qui s'attache à tes pas. Mais tu ne sens rien. — Très honorée et très chère femme d'Henri Rousseau, vous vous trompez, je suis seulement ce que je suis, j'ai seulement ce que j'ai, et ce que j'ai ou n'ai pas, je suis le mieux placé, je pense, pour le savoir. Peut-être les caprices du destin eussent-ils dû faire de moi un cow-boy, il est vrai que je suis extrêmement léger. » La dame répondit : « Tu es trop paresseux pour même penser que tu pourrais rendre quelqu'un très heureux grâce aux dons que tu possèdes. » Mais lui contesta ce point : « Non, je ne suis pas trop paresseux pour une pensée semblable, mais je n'ai pas l'outil qu'il faut pour infuser le bonheur » et il s'éloigna. Le bois lui parut s'assombrir devant son refus de croire aux allégations de la dame en brun. « Il n'y a que la foi qui sauve, dit la ténébreuse. N'êtes-vous pas égoïste en un mot? —

Pourquoi voulez-vous absolument que je possède ce dont je ressens vivement moi-même que cela me manque ! — Mais vous n'en avez quand même pas été privé. Vous ne l'avez pas perdu d'un moment à l'autre. — Pas du tout, non. Je n'ai pas pu perdre ce que je n'ai jamais eu. Ni l'avoir cédé, ni en avoir fait cadeau, et il n'y a rien en moi que j'aie négligé. Mes dons ont été régulièrement exploités, je vous prie de me croire. — De vous je ne croirai jamais rien. » Les choses délicates étaient toujours ce qui l'intéressait. Elle avait décidé une fois pour toutes qu'il était traître à lui-même, à une partie de ses facultés, et l'assurance qu'elle se trompait ne pouvait aucunement lui ôter l'idée qu'il se détruisait lui-même, qu'il galvaudait ses meilleures chances, qu'il se traitait lui-même comme un gueux. « Je suis gérante d'hôtel », expliqua-t-elle, à un détour du chemin. Les arbres sourirent de cette déclaration sincère. Le brigand rougissant ressemblait à une rose et la femme à une femme juge ; comme si les femmes juges, dans leur ardeur à ne pas renoncer à leur fonction de juge, ne pouvaient jamais être dans l'erreur. « Fais-tu donc partie de ces petites âmes, qui se sentent mal à la seule idée de devoir penser qu'il pourrait encore exister quelque part un trou perdu, socialement sous-développé ? Dommage que la mentalité boutiquière soit désormais si répandue. Tu vois bien que je me contente d'être comme je suis. Est-ce cela qui te mécontente ?

— Ta modestie n'est rien d'autre qu'une laborieuse pirouette. J'affirme, les yeux dans les yeux, que tu es malheureux. Tu t'arranges simplement pour toujours paraître heureux. — Cet arrangement est si réussi que j'en suis heureux. — Tu ne remplis pas ton devoir de membre de la société. » Celle qui parlait ainsi avait les yeux les plus noirs, pas étonnant donc que ses paroles fussent si sévères, si noires. « Vous êtes docteur? » demanda le fuyard. Le brigand fuyait devant la dame en brun comme une jeune fille. La scène se passait en novembre. La campagne était glacée. On avait du mal à croire à des chambres chauffées, et c'est donc ainsi que le mangeur de täfeli, l'amateur de bâtonnets chocolatés, fuyait devant l'administratrice de l'assistance communale, qui de son côté pensait surtout à elle-même. « J'ai entendu une fois un grand concert consacré à Beethoven. Le prix des places était tout simplement monumental. J'étais assis à côté d'une princesse. — C'est du passé, cela. — Mais, avec ton aimable permission, cela ne pourrait-il pas vivre encore dans mon souvenir? — Tu es un ennemi de la société. Tu me dois de la tendresse. Au nom de la civilisation tu dois absolument croire que tu es comme fait pour moi. Je remarque en toi des vertus maritales. Tu as les reins solides, il me semble. Tes épaules sont larges. » Il le contesta, avec ces mots dits à voix basse : « Mes épaules sont ce qu'on a fait de plus fragile dans le genre. — Tu es un Hercule. — Ce n'est qu'une apparence. » C'était ce fuyard qui se promenait habillé en brigand. Il portait un poignard à la ceinture. Le pantalon était large et d'un bleu mat. Une écharpe ceinturait sa taille mince et pendait sur le devant. Le chapeau et la coiffure prêtaient une apparence au principe de la vaillance. La chemise était ornée d'un volant de dentelle. Le manteau, à vrai dire, était un peu usé, mais bordé de fourrure cependant. La couleur de cette pièce de son costume était un vert pas trop vert. Ce vert-là devait avoir produit un excellent effet sur fond de neige. Le regard était bleu. Il y avait aussi d'une certaine façon du blond dans ces yeux, qui se prétendaient avec une extrême insistance frères des joues. Cette assertion devait se révéler conforme à la simple vérité. Le pistolet qu'il tenait à la main riait de son propriétaire. Il paraissait décoratif. Quant à lui, il était égal en tout au produit d'un aquarelliste. « Épargne-moi, de grâce », pria-t-il l'ouvreuse des hostilités. Celle-ci avait acheté *Sentiers de femmes* de Dora Schlatter à la librairie et mis tout son zèle à l'étudier. Et elle l'aimait, mais le brigand ne pouvait contourner Édith. Il la voyait très haut devant lui constamment, elle lui était infiniment précieuse. Et maintenant passons à Rathenau.

Quelle différence n'y a-t-il pas entre notre galopin et un Rinaldini, qui en son temps a tout de même fendu la tête à des centaines de bons citoyens, qui soutirait aux riches leurs richesses pour en faire profiter les pauvres ! Quel idéaliste quand on y songe ! Celui d'ici, le nôtre, se contentait, lui, de mettre à mal, par exemple, au café viennois et aux accents d'un orchestre hongrois, la tranquillité d'âme d'une belle fille assise près de la fenêtre, grâce au rayon perçant de ses yeux candides et à des transmissions de pensée insistantes. Il savait magistralement bien en écoutant de la musique être malheureux au-delà de toute expression et mettait comme cela en danger mortel les personnes sensibles. Un instituteur était toujours préposé à sa surveillance, chargé de le suivre jusqu'à ce qu'il soit pris sur le fait. Un jour, un de ces tuteurs ou gardiens s'adressa à Orlando : « Faible en religion, pas vrai ? », en accompagnant ces mots d'un sourire de résignation. Le brigand avait beaucoup de défauts. Nous en parlerons plus tard, c'est promis. Commençons par l'accompagner dans sa promenade sur le Gurten, du nom d'une montagne toute proche. Si cela ne tient qu'à moi nous pourrons là-haut au grand air parler tout à souhait de politique. Des impératrices de son imagination il sera certainement encore question. Nous n'oublions pas davantage la veuve décédée, y compris son ménage. Comme nous sommes de toutes parts vigilant ! Certains pourraient croire que c'est terriblement fatigant, mais c'est tout le contraire. Faire attention a en soi quelque chose de très rafraîchissant. C'est l'inattention qui épuise. Il est dix heures du matin ; descendu de vertes prairies, il revient dans la ville, où une affiche lui annonce l'assassinat de Rathenau, et qu'est-ce qu'il fait, ce merveilleux, cet étonnant jean-foutre, il bat des mains, au lieu de tomber à la renverse de saisissement et de tristesse en apprenant la bouleversante nouvelle. Qu'on essaye donc de nous expliquer ces battements de main. La démonstrative approbation pourrait bien avoir quelque rapport avec une petite cuiller. Dommage, soit dit en passant, que je n'aie plus le droit désormais de franchir le seuil du buffet de deuxième classe où j'ai fait scandale en tendant mon chapeau de paille au garçon pour qu'il l'accroche au portemanteau, un geste d'homme du monde qui encourut le blâme de toute la salle. Cet air divin dans la montagne, les exercices de respiration dans le bois de sapins, et par-dessus le marché cette aubaine de pouvoir lire qu'un grand s'est fait avoir par quelques petits. Car enfin si l'on suit Friedrich Nietzsche, assister, participer au spectacle d'une tragédie, n'est-ce pas au sens le plus raffiné et le plus haut une joie, un enrichissement de la vie ? « Bravo » s'est-il même exclamé en prime, avant de se rendre au café. Comment expliquer ce barbare bravo ? Un nœud pas facile à défaire, ça, essayons tout de même. C'est qu'avant qu'il n'ait résolu de monter sur le Gurten, dieu de l'exactitude, donne-moi la force de mettre jusqu'au bout les points sur les *i*, il léchait, dans la pensée qu'il était son page, la susdite petite cuiller de la veuve. Cela se passait dans la cuisine. Dans la cuisine régnait une grande et belle solitude, une solitude d'été, et il est possible que la veille le brigand eût vu dans la vitrine d'une librairie et galerie d'art une reproduction du tableau *Le Baiser à la dérobée* de Fragonard. Ce tableau ne pouvait que l'enthousiasmer. C'est bien aussi l'un des plus gracieux qui aient jamais été peints. Et à présent donc il n'y avait âme qui vive dans cette cuisine à part lui. Près de l'évier reposait et rêvait dans une tasse la petite cuiller dont la veuve s'était servie pour boire son café. « Elle s'est introduit cette petite cuiller dans la bouche. Sa bouche est très jolie. Tout le reste chez elle est cent fois moins joli que sa bouche justement, et je pourrais encore hésiter à honorer cette part jolie d'elle par un baiser que je donnerais en quelque sorte maintenant à cette cuiller! » De cette tenue était la forme littéraire de ses propos. Il écrivait, pour ainsi dire, en parlant, un spirituel essai et naturellement y trouvait du plaisir. Tout le monde aime cela de se croire en forme et intelligent. Une fois il était tombé sur la veuve au moment où elle s'apprêtait à se laver les pieds. Sur ce bain de pieds il faudra absolument revenir. Ne fût-ce que pour le renom de notre chère et belle ville, et pour l'amour qu'elle porte à la vérité. Car nous entendons bien régler une fois nos comptes au plus juste sur ce point. Ah, si seulement je pouvais m'y mettre tout de suite à ce bain de pieds! Mais c'est repoussé, malheureusement. Un bond de joie, pour le moins, a dû suivre ce baiser donné à la petite cuiller. Quels yeux elle aurait faits, si elle avait tout vu! Mieux vaut ne pas même essayer d'y penser. J'ajoute que la cuisine en question était dans une sorte de pénombre, une lumière incertaine et constamment poétique, une nuit qui n'en finit pas, quelque chose à vous rendre jeune, et peut-être est-ce là et nulle part ailleurs que le brigand devint un jeune homme, de sorte qu'on peut dire qu'il venait d'accomplir là une sacrée performance dans le domaine de l'érotisme, lui qui s'était montré jusqu'alors constamment faible dans cette discipline et même insuffisant, et c'est après cela qu'il avait allègrement escaladé sa montagne, la tête remplie de sa petite cuiller, alors qu'au même moment, loin d'ici dans le Reich, un héros de la pensée rendait l'âme du fait de quelques personnes bien-pensantes qui l'avaient abattu. Le battement de mains n'en reste pas moins une énigme. Pour ce qui est du bravo, nous le mettons sur le compte de son effronterie vaste comme le bleu du ciel. Nous avons manifestement affaire à un désert de pensée où il n'y a plus que du soleil. Ou faut-il dire que la mort de Rathenau lui paraissait belle et, pour cette raison, prophétique? Une thèse qu'il serait difficile d'étayer. Presque comique cette étroite juxtaposition d'ustensiles pour veuves et d'aussi remarquables événements du jour qui méritent bien l'appellation d'historiques. D'un côté une histoire de tasses de café, la conduite délicieusement secrète d'un page, de l'autre une nouvelle dans le journal qui secoue, qui fait trembler l'ensemble de la communauté culturelle. A quoi il faut encore ajouter l'aveu suivant : Rathenau et le brigand se connaissaient personnellement. La connaissance remontait à la période où l'ultérieurement devenu ministre ne l'était pas encore. Le lieu en était une maison de campagne dans la marche du Brandebourg, où notre brigandeau si épris d'amourettes rendait visite au riche fils d'industriel. Sur le Potsdamerplatz de Berlin, au milieu d'une incessante circulation d'hommes et de voitures, ils s'étaient en effet rencontrés une première fois tout à fait par hasard. C'est alors que le célèbre avait invité le peu important à lui rendre visite un jour, invitation à laquelle il fut donné suite. Cela allait quasiment de soi. Dans le salon de thé recouvert de tapisseries chinoises ils avaient donc pris ensemble le thé de l'après-midi. Un vieux serviteur qui éveillait presque le respect entra dans l'étrange pièce, aussi allemande qu'exotique, pour disparaître ensuite docilement, léger comme une ombre, comme si l'empressement était la seule chose vivante en lui, comme s'il n'avait d'autre sens que celui des convenances. Après la collation on visita le parc. Durant la promenade on parla d'îles, d'écrivains, etc., et à présent il y avait cette effrayante nouvelle, et ce commentaire du brigand : « Grandiose cette fin de carrière ! » Il est possible naturellement qu'il ait aussi pensé d'autres choses. Mais il y avait surtout, nous aimerions dire quelque chose de charmant dans sa façon d'être en arrêt face à la saisissante nouvelle, elle-même marquée par la gaieté. Une gaieté grecque, rappelant la vie des légendes antiques. En ce temps-là déjà, à Berlin, le brigand s'était conduit un jour comme une vraie jeune fille. Cela se produisit dans une compagnie de messieurs. Le brigand fut en cette occasion très, très humilié. Aujourd'hui il se rappelle cette humiliation avec une espèce de sourire, ce qui prouve bien qu'il est parvenu à une certaine sérénité. Il se réconciliera toujours plus avec sa nature. Dans la susdite compagnie de messieurs, il s'était laissé aller à un emportement, une audace un peu trop audacieuse, une brusque brusquerie, ou comme vous souhaiterez que je l'appelle. Cette trop vive vivacité était de nature à le trahir, c'est-à-dire à donner une information indirecte sur sa constitution. Deux ou trois messieurs ont peut-être de façon imprudente, ou disons un peu cavalière, dédaigneusement souri de la figure du brigand. Le sourire dédaigneux fit l'effet d'une fontaine, qui lui mouillait copieusement la frimousse. Par chance il ne mourut pas de cet humectage. Il ne manquerait plus que cela s'il fallait tout de suite mourir d'une petite leçon. Mais maintenant, avec votre permission, parlons d'une servante et d'un baiser sur le genou et d'un livre qui fut remis dans un chalet.

Il semble que pour ce qui est de boire du vin il s'y entende à l'égal de Sancho Pança, dont les parents étaient vignerons. Dans le vin il y a comme un droit à la supériorité. Quand je bois du vin, je comprends les siècles passés, je me dis qu'ils étaient faits eux aussi de choses présentes et du plaisir d'y trouver place. Le vin rend connaisseur de l'âme et de ses états. On considère alors à la fois tout et finalement rien. Dans le vin on voit les reflets du tact. Si tu es un ami du vin, tu es aussi un ami des femmes et le protecteur de ce qu'elles aiment. Les relations, même les plus compliquées, qui existent entre un homme et une femme sortent du verre simples comme des fleurs. Toutes les chansons qu'on a faites sur le vin disent la vérité. « Pour un Dätel ce n'est pas convenable », me suis-je entendu dire voici quelque temps dans une maison. Depuis, je ne regarde plus cette maison que de loin, avec appréhension et comme un endroit bizarre. Dätel, c'est le titre qu'on donne à un soldat. Pendant mon service militaire en effet j'étais simple soldat. Ce détail me cause naturellement un tort énorme. En ces temps d'éveil on regarde à tout, et pourquoi pas spécialement aux grades militaires. Je suis tout à fait d'accord. La maison où il ne va pas de soi qu'un Dätel puisse entrer possède un jardin, où mon brigand lui aussi était déjà venu se reposer des fatigues du brigandage. Merveilleuses étaient alors les boucles de cheveux qui tombaient de sa tête d'Enfant-Jésus rappelant celui du temple. Des mains de serveuses compatissantes glissaient à travers leur emmêlement. A propos de ces cheveux, qu'il lavait constamment avec soin, on pourrait parler de cascades plongeant dans l'abîme de sa nuque. Quelles chutes dans les failles de saintes lassitudes. Bien qu'on ne comprenne pas vraiment cette expression, les mots n'en sonnent peut-être pas trop mal. Le brigand se plaignait en ce lieu de ne plus savoir se plaindre et pour le reste s'exerçait à la politesse qui selon lui consistait à forcer sa bouche à paraître gracieuse. Quand il mangeait il prenait toujours bien soin de garder les lèvres jointes : « Les dents, disait-il, ne doivent pas se montrer quand elles travaillent la nourriture. » Il faut dire aussi que de toutes parts on s'est donné de la peine pour lui, et souvent trop peut-être. Mais après tout c'est une preuve d'amour que d'exagérer le bien. Il était assis dans le susdit jardin, enlacé de lianes, empapillonné de sons et entourloupé des entourloupettes de son amour pour la plus belle des filles de bonne maison qui ait jamais sauté du ciel de la tutelle parentale dans le domaine public afin de percer le cœur d'un brigand vaincu par ses charmes. Elle avait fait de lui un cadavre, mais un cadavre tel qu'il n'avait jamais encore été aussi vivant. Le soir, avant de se mettre au lit, il s'agenouillait sur le plancher de sa mansarde asymétrique, afin de prier Dieu pour elle et pour lui, et tôt le matin il l'accablait d'actions de grâces éperdues et de cent mille, disons plutôt d'innombrables, compliments. La nuit, la lune était témoin de ses façons amoureuses. Ô merveille, permets-nous de t'appeler Wanda, bien que le hasard veuille que ce soit également le nom d'une servante, que je n'ai d'ailleurs plus revue depuis une éternité. Il semble qu'elle se soit mariée. Notre brigand fit au demeurant sur une de nos promenades la connaissance aussi d'un garçon international, qui présentait le défaut de ciller et de cligner des yeux. Les défauts nous touchent. Il demanda à ce garçon : « Puis-je être ta servante ? Cela me plairait bien. » Le garçon lui fit la leçon en lui marquant combien il était nécessaire de garder son bon sens. Quand le garçon sautait sur ses pieds, le brigand sautait après lui et quand il se rasseyait, le brigand se rasseyait aussi. Ce garçon venu de loin possédait, outre son très joli visage où luisaient de petits yeux verts, une culotte courte qui laissait paraître ses genoux, et ce sont ces genoux-là que la brigande servante embrassa. Nous sentons le besoin de rapporter ce trait, qu'il lui soit compté à charge ou non. Pour ma part je ne le ferais pas. Le brigand demeura de deux heures de l'après-midi à sept heures du soir le fidèle sujet du garçon étranger. Des passants étaient témoins. Il n'y avait rien de secret dans tout cela. Des infirmières plissaient la bouche, voyant le manège de la servante et de son jeune maître, en un sourire qui savait tout et donc pardonnait tout. Quant à la remise du livre, voici l'affaire : le brigand avait reçu un livre prêté par une dame aux cheveux blancs, jeune par les sentiments. Pourquoi dois-je penser maintenant à une foule de manteaux de dames ? Ou faut-il les ranger ? Des lueurs me viennent et s'éteignent. Et que le brigand de temps à autre se prenait pour une espèce de Fabrice del Dongo. N'est-ce pas idiot ? Attendez. Laissez-moi réfléchir. Bon, ça va, ça va. Pour le livre aussi, ce livre rendu, nous pourrions éventuellement y revenir plus tard. L'important, c'est qu'il nous donne une direction, un chemin. Le brigand accompagna ensuite le garçon là où il habitait, et resta debout avec le respect obligé d'une servante devant la maison, jusqu'à ce que le garçon eût dîné et que son vêtement japonais fût apparu au balcon. Entre autres choses il lui apprit la profession qu'exerçait son oncle. Le garçon en effet habitait provisoirement chez sa tante et son oncle. J'avoue que ce sont là des choses bien anodines. Une chance que nous ayons au moins pour ainsi dire dépassé cette affaire de livre. Celle de la servante ne doit pas non plus nous préoccuper davantage pour le moment. Nous dirons du brigand qu'il était le fils d'un fonctionnaire employé aux écritures. Il quitta tôt la maison, prit la fuite dans toutes sortes d'emplois, ne se souvenant qu'obscurément du mérite de son ascendance, sans non plus jamais apprendre à se connaître vraiment. A quatre ans déjà il jouait des sonates en déchiffrant les notes sous la surveillance de sa maman. Elle a dû être énormément gentille avec lui. Aujourd'hui encore il a pour son image la plus grande estime. Tout près des jeux et des exercices de ses jeunes années passe une rivière qui gronde et qui bouillonne, avec ses mêmes choses simples, vertes et bleues, éternellement jeunes, éternellement vieilles. Ah oui, il y a aussi qu'un soir, au terme de longues marches à pied, il était assis dans un presbytère hospitalier, juste après que dans un village prenant appui sur une colline, une liseuse, pour le remercier de la fidélité qu'il avait montrée à l'égard de lui-même, lui avait serré la main. La fille du pasteur lui montra des photos. La femme du pasteur rêvait, tandis qu'elle regardait sa fille et devait convenir de la sympathie que celle-ci éprouvait pour le brigand malgré ses manières un peu étranges, d'une idylle substantielle. Que viennent faire à la surface ces pensées englouties? Mais voici encore une fois du nouveau.

Deux frères du brigand avaient leurs tombes dans les cimetières de cette ville. Leur souvenir l'occupait naturellement souvent, encore que nous ne prétendions rien affirmer mais indiquer simplement que de temps à autre des pensées graves lui venaient. Certains jugeront que je m'exprime sèchement. Je me soumets à toutes les critiques qu'on voudra me faire à ce propos. Notre cher petit brigand n'aura certes reçu ni de son père ni de sa mère, de famille donc, une quelconque disposition aux pleurnicheries. Son éducation se réduisait à une somme de petites négligences. La famille était nombreuse. L'allusion que nous avons faite plus haut à la manière douce dont on lui avait appris le piano est peut-être due à une humeur passagère et elle manque de vraisemblance. Nous nous dispenserons de fournir d'autres renseignements sur ses origines, un geste généreux que nous accueillons avec reconnaissance. La Genfergasse[1] et le Portugal, comment mettre ensemble ces choses disparates? Dans quelles difficultés me suis-je mis là? De tout le temps que j'ai passé assis à une table, jamais encore je n'ai connu une audace, une intrépidité pareille en commençant un livre. Toutes ces phrases déjà jetées sur le papier, et toutes celles qui vont suivre ce qui est déjà écrit. Ô vous que les esprits des navigateurs ont hissées sur les côtes du Portugal au nom de la culture européenne, couleurs! C'était au quinzième siècle, au temps de la découverte de la route maritime des Indes. On avait dû jusque-là prendre de la peine et du temps pour s'y rendre par les terres. A présent s'ouvraient d'un coup les chemins qui contribuèrent à enrichir au centuple notre marché.

1. La rue des bistrots à Berne, proche de la gare.

Dans nos ménages bourgeois il y avait désormais un parfum de cannelle. Lentement le café faisait notre conquête à tous. La civilisation se tissait de fils empruntés aux civilisations de l'autre moitié de la terre. Des voiliers cinglaient vers la haute mer. Bien entendu le brigand, qui était au fond un garçon responsable, songeait çà et là à s'organiser, c'est-à-dire aux manières possibles d'épouser l'ordre bourgeois. Il lui arrivait parfois de transporter son ébriété de la Genfergasse jusqu'au beau milieu du casino où le soir il y avait concert. Par chance il le faisait avec toute la grâce désirable. Il arrivait en effet que son sans-gêne fût sincèrement admiré. En revanche nous ne manquons jamais quant à nous de réprimander sèchement ses incartades. Il est avec nous pour ainsi dire en de bonnes mains, et il nous semble aussi qu'il en a besoin. Peut-être cet oncle de Batavia n'aurait-il jamais dû lui faire ce cadeau. Que faisait-il ce jour-là à midi en Arcadie, c'est-à-dire sous les arcades du Käfigturm ? Notre ville possède en effet ce qu'on appelle des arcades, c'est-à-dire des trottoirs couverts. Et maintenant il la voit qui s'avance onduleusement. Qui ? Wanda. Elle porte une petite robe bleue, un chien de manchon la suit en faisant trembler son grelot. Il se précipite vers elle, lui prend la main et dit dans un souffle : « Maîtresse. » Elle lui demande ce qu'il veut : « Je veux être auprès de vous, à chaque instant », clame-t-il avec force et la langueur en même temps d'un malade qui va mourir. Tout à fait comme s'il avait la fièvre. « Allez-vous-en, ordonna-t-elle, je suis enchantée que vous m'aimiez, mais, mon Dieu, que fait maman ? » Et elle jette un regard apeuré autour d'elle. Ah, quand les filles prennent peur, qu'elles sont jolies ! Il l'appelait la Bernermeitschi. Nous devons ajouter, pour qu'on ne se trompe pas sur lui, qu'il l'avait suivie durant quatre mois presque chaque jour, sans avoir trouvé le courage de lui parler. Et maintenant c'était fait. Il se faisait l'effet d'un Portugais, et le lecteur comprend à présent pourquoi nous évoquions auparavant des couleurs pourpres. Son âme frémissante, tenue sous le joug des convenances, était pareille au calme de la mer, et avec l'aide d'un marchand de tapis il s'envola à la découverte de nouveaux continents, s'étant laissé instruire par ce noble jeune homme du nom qu'elle portait, de l'identité de ses parents et de l'endroit où elle habitait. Un royaume s'ouvrit à ses yeux. A cette époque il ne savait encore rien d'Edith. Nous commençons lentement à raconter les choses dans l'ordre. Du beau milieu des forêts vierges, lit-on dans les journaux, surgissent aux yeux de voyageurs stupéfaits des édifices gigantesques. Ainsi surgissait face au cœur du brigand l'édifice né de l'exaltation de sa vie intérieure. Il mourait de désir. Il y avait des jours où il se mettait à danser. Wanda avait l'air d'aller encore à l'école. Tous les soirs il se plantait à présent devant la maison de ses tuteurs. De temps à autre il ne se privait pas d'avoir également une pensée pour la Genfergasse. Et sous le pont coulait l'eau de la rivière d'un vert bleuissant, et parfois il lui semblait que toute la ville s'intéressait à l'édifice d'amour des forêts vierges de sa nature. Une ou deux fois il l'avait vue tenant une badine dans sa petite main. Cette petite main on peut imaginer comme il l'étudiait, c'est-à-dire avec un zèle confinant à la piété. Ses yeux étaient comme deux billes noires. L'Oriental qui l'avait renseigné le mit en garde contre elle. Le brigand crut qu'il ne l'en jugeait pas digne. Les amoureux sont à la fois bêtes et malins, mais cela nous semble trop vite dit. Je veux m'en tenir aux choses effectives, c'est-à-dire suivre le flot de la narration. A plusieurs reprises il reçut des lettres où des gens qui l'estimaient l'exhortaient à continuer d'observer les devoirs de son si utile état. « Où sont passés vos brigandages au butin jadis si recherché et si somptueusement honoré ? » disait-on. En lisant ces choses-là il avait l'impression d'entendre des ventriloques, tant les voix lui paraissaient venir de si bas, de si haut et de si loin. Avant de connaître Wanda, il avait dérobé un grand nombre d'impressions de paysages. Curieux métier, tout de même. Notons également qu'il dérobait des sympathies. Nous y reviendrons. Un affilié des cercles de l'intelligence et du savoir l'invita à souper. On servit des haricots blancs. C'est comme cela et pas plus cher que mangent les membres du comité de défense de la culture. « Il y a longtemps qu'on ne t'a pas vu. On se demandait où tu étais fourré. Tu te mets à l'écart. Espérons que ce n'est pas volontairement. Nous t'aimions tous bien dans le temps ». Ainsi parlait le membre; le non-membre répondit : « Qui ça? De qui parles-tu avec ce "nous-tous"? Mais je te comprends, va. Mais vous n'avez plus besoin de mon aide pour avancer sur un chemin qui vous est tout à fait naturel. Moi, je représente le beau malheur. » Sur ces mots, qui faillirent faire rire le membre du comité pour la diffusion de saines nourritures spirituelles, le brigand ouvrit les revers de son manteau et le membre vit ce qu'il n'eût jamais cru qu'il dût voir un jour, il pâlit. D'un autre côté, il trouvait cette histoire intéressante. Ensuite le membre montra au brigand, que la littérature intéressait toujours, ses nombreux articles publiés. Il y en avait plus de trois cents. « Naguère et aujourd'hui forment un tout, se laissa dire le brigand, je demande en faveur de ce que je suis qu'on n'exagère pas la valeur de ce que j'ai été. C'est si facile. Tout le monde aime faire ce reproche de n'être plus ce qu'on était. Tu as vu ce que je t'ai honnêtement montré à l'instant. » Le membre chuchota quelque chose d'incompréhensible. Il arrive souvent que nous ne voulions pas être entendus, fût-ce de nous-mêmes. Ils restèrent ensemble jusque dans la nuit. C'était comme si l'homme d'avenir qui se nourrissait de petits pois n'avait pas perçu ce qu'il avait aperçu. Il lut à haute voix quelques passages de la Bible. Les questions religieuses paraissaient l'intéresser fortement. Mais de petits enfants souffrent de maladies sans qu'il y ait de leur faute, et c'est pourquoi nous devons quant à nous essayer de vivre un peu mieux, de nous calmer et d'aimer ce qui arrive et de nous contenter de nous aussi longtemps que ça va. Était-ce de la part de l'intellectuel une stratégie professionnelle, un intérêt privé, d'éviter de penser qu'il avait vu ce qu'on lui avait fait voir? Était-il secrètement envieux de la beauté qu'il y avait dans la destinée du brigand? « Toi, partout où tu te montres, ta personnalité retient l'attention. » Le brigand dit : « Les gens veulent tous m'aider, et ça les contrarie de ne pas le pouvoir. — Cela vient de ce que tu as un visage d'enfant. » Mais qu'est-ce donc qu'avait honnêtement montré le brigand au membre? Nous n'en avons pas la moindre idée. Cela reste pour nous une énigme, mais comme indiennement belle lui parut la nuit sur le chemin de la maison. Les arbres argentés entonnèrent un hymne muet à l'amitié. Les rues ressemblaient à des caisses tout en longueur. Les maisons avaient l'air de jouets. Il fit la rencontre du jeune monsieur Meier, revenant de chez son amie, qui l'avait chassé parce que l'amour meiereux ne lui paraissait pas suffisamment féerique. Meier ne comblait pas tous ses vœux. Cela ne l'avançait guère de lui avoir dit qu'il avait souvent eu l'intention de se jeter à ses pieds. Se jeter ainsi paraît plus beau à ceux qui se jettent qu'à ceux aux pieds de qui. L'amie de monsieur Meier ces derniers temps ne réservait malheureusement plus à monsieur Meier que des impertinences. C'était la nourriture dont son âme désormais devait contenter sa faim. Paroles fraîches ne font pas un repas de fête. Monsieur Meier allait si loin qu'il avait même pris la résolution de déposer sur la pointe des souliers de la régente de son destin un baiser. Voilà entre autres choses ce qu'avoua monsieur Meier au brigand, qui de son côté avoua franchement à monsieur Meier qu'il pensait devoir lui déconseiller toute rébellion. C'est en effet ce qu'avait presque en tête à présent monsieur Meier, auquel les humeurs de sa maîtresse commençaient à peser. « Elle mérite certainement que vous lui gardiez votre amour », dit-il avec simplicité, et il ajouta : « Parce que si vous vouliez jouer les Américains cela vous coûterait un trop grand sacrifice. C'est une tâche difficile de paraître indifférent envers ceux auxquels en vérité on reste soumis. Si elle vous dit qu'elle vous trouve ennuyeux, eh bien, tenez-vous-le pour dit. N'allez pas vous croire plus courageux que vous n'êtes. » Monsieur Meier s'était exposé par pur enthousiasme au reproche de s'être converti au bolchevisme, mais il n'était pas plus dangereux qu'un paysan. Ils se souhaitèrent la bonne nuit. La femme autrement dite veuve à la petite cuiller était passée par un pénible mariage. Puis-je vous en faire le récit? Le lendemain soir, fatigué, il était devant la maison de Wanda. Elle avait des amies chez elle. « Elle s'amuse », se dit-il ravi. Les filles dansaient sur une mélodie. Le brigand se haussa devant la grille du jardin sur la pointe des pieds pour mieux les voir. Brusquement on tira le rideau. Il resta encore un moment immobile puis il entra au casino. Il fit parvenir des perles le lendemain à une chanteuse. Envoyer quelque chose à Wanda, ou bien il ne l'osait pas, ou bien il n'y pensait même pas. Quant au joyau dont il fit hommage à l'artiste, il l'accompagna de quelques lignes qui reçurent une réponse aimable.

Il y a environ de cela deux ans il était assis un soir entre cinq et six heures dans un de nos cabarets de variétés, et déboursa à cette occasion à peu près cinquante francs. Vous comprendrez qu'on ne va pas dans un cabaret pour faire admirer son avarice. Il se trouve qu'une artiste vient s'asseoir à vos côtés parce qu'elle voit à votre mine que vous êtes ravi de son exhibition. Mais naturellement elle ne s'assied pas à côté de vous pour s'ennuyer, pour mourir de soif et de faim, non, elle s'attend à ce que vous ayez l'idée de commander une bouteille de vin. Le chocolat est pour les chanteuses en général un mets qu'on peut dire de prédilection, on pourra s'en procurer au buffet. Après quoi elle vous adressera la flatteuse prière, justifiée par le fait qu'elle vous regarde avec de si grands et si bons yeux, de lui acheter un paquet de cigarettes. Bon, vous le faites, et naturellement cela coûte tout de suite un peu. Mais autour de vous c'est la vie qui vibre et qui chante. La salle est bourrée de clients, employés de bureau, chimistes, paysans, militaires. L'animateur s'applique à entretenir dans la clientèle aussi bien que parmi les artistes, avec les paroles d'usage, la bonne humeur. S'il est chauve, cela ne peut que convenir à l'exercice de sa charge. L'exemple donné entraîne toujours, et comme on vous voit en compagnie d'une dame de la troupe, d'autres membres de celle-ci ou des parents de la première vous font aussitôt confiance, de sorte que bientôt vous vous trouvez entouré de gentillesses et que vous avez le sentiment d'être comme un lien, un centre de rassemblement, honneur intimement lié à la fréquence avec laquelle vous sortez votre précieux porte-monnaie. La chanteuse chantait magnifiquement. Rien que sa façon de bondir sur la scène jeta le brigand dans le plus délicieux des partis pris. Le rire se répandit sur son noble visage de bandit. L'esprit du oui prenant feu en lui faisait des poèmes. Ce oui jubilatoire accompagnait chaque mouvement de la danseuse. Il avait fait son lit dans les superlatifs. Il produisait de l'électricité sur tout ce qui l'entourait. Sa joie était comme un phare. Qu'elle ait dû lui demander de se calmer un peu est pour nous l'indice qu'il l'avait spontanément embrassée. Il était lui-même, immédiatement. Il adora, c'est le mot, le peigne qu'elle portait dans ses cheveux. Quant à la teinte de ceux-ci il la trouvait merveilleuse. Si vous êtes assis comme cela dans un cabaret, jouissant des fruits de la gaieté qui vous tombent dessus comme d'une corne d'abondance, une fleuriste vous adresse inopinément la prière de lui acheter pour deux, voire cinq, francs de fleurs, et il est impossible de ne pas déranger encore une fois par vos demandes votre tiroir-caisse. Le tiroir-caisse sursaute mais il faut qu'il y passe. Ah, la joie des femmes qui voient qu'on les trouve belles. Beaucoup y pensent trop peu. Maintenant, au cas où votre fortune n'aurait pas suffi à payer l'addition, laissez donc par exemple vos boutons de manchette en or ou votre montre, que vous pourrez toujours dégager le lendemain, qu'il fasse beau ou que le temps soit incertain. Comme il est naturel, les comédiens de théâtre regardent leurs collègues des variétés avec un mépris épicé par l'envie, de même que d'une façon générale un état témoigne à l'autre de tant d'amour et de générosité que c'est à peine s'il lui accorde l'existence. C'était déjà comme cela du temps de Schiller et cela restera comme cela. Quelqu'un qui souffre lui-même d'orgueil m'a appelé un jour impertinent. Nous attribuons facilement nos propres défauts à nos concitoyens, qui ne sont pas vraiment là pour cela. On devrait quand même être capable de faire un bon usage de ses voisins. Il y a parfois des gens qui ne me saluent pas dans la rue, ni au café, et chez qui je vois immédiatement que dans leur âme ils s'inclinent devant moi. Ils n'aiment pas l'avouer malheureusement. Malheureusement? Je suis bondieusement content qu'on ne me complique pas la vie avec des marques d'estime. A peine suis-je assis à une table que viennent s'y asseoir à leur tour tous ceux qui voudraient me voir plus remuant, aussitôt suivis de tous ceux qui me préféreraient plus tranquille et plus posé, plus mûr et plus calme. Il en allait de même, semble-t-il, pour notre brigand, dont nous sommes à présent en mesure de rapporter qu'il a mangé les miettes de pain que la veuve avait laissées sur la table. Elle y laissait aussi de temps en temps une pomme entamée qu'il s'obligeait ensuite à manger jusqu'au bout. Comment peut-on, direz-vous, enlaidir de cette façon un garçon aussi gentil, mais l'enlaidissons-nous en disant cela? Pas du tout. Il faut dire qu'il était toujours redevable à la Société nationale ou encore helvétique, ou est-ce Association protectrice des archives culturelles, de sa biographie. Il préférait manifestement poursuivre sa formation en coupant du bois dans le grenier plutôt qu'en fabriquant des lettres, des mots et des phrases. Pour son travail à la hache et à la scie il recevait de la veuve chaque fois un « petit quatre heures », consistant en une bouteille de bière et du pâté de foie, en supplément duquel il lui arrivait de dire un « vous êtes charmant ». Dans sa jeunesse, lui raconta-t-elle, on l'avait appelée Simplette. Quand ils s'entretenaient ainsi, les positions étaient telles qu'elle restait assise comme une dame tandis qu'il se tenait debout sur le plancher, droit comme un *i* et avec l'air d'un serviteur. Une fois en effet qu'il s'était permis de s'asseoir face à son visage rococo, elle avait dit : « Ça ne se fait pas » et à l'instant il avait su que la justice lui imposait de comprendre à quel point elle avait raison. Non pas une seule mais plusieurs fois, il lui avait fait la lecture d'une prose en ferronnerie, nous entendons par là harmonieuse, dans le genre bien balancé en soi et par soi. Elle tenait un salon de mode, où pendant toute la journée des chapeaux étaient essayés et retirés, des chapeaux de dame, bien sûr, et chaque jour le brigand venait vite voir dans le magasin ce qu'elle faisait, si l'occasion était propice de lui raconter n'importe quoi. Elle avait de très fins, gracieux, délicats, gentils, bons, doux petits pieds, auxquels il consacrait des hymnes et au moyen desquels elle était entrée, alors qu'elle pouvait avoir environ vingt ans, dans la déplaisante union conjugale dont nous avons parlé plus haut. Un soir où il était déjà dix heures il lui avoua à la fin d'une discussion qui avait porté sur la Pucelle d'Orléans, les habitudes qu'il avait prises tôt le matin avec sa petite cuiller du soir. Après l'avoir entendu elle garda un silence lourd de reproches, prit une attitude comme ont pu en prendre dans un lointain passé disons des reines, lui tourna le dos, qui lui sembla d'un coup l'expression même du mécontentement, et se retira, sans répondre à son souhait de bonne nuit, dans la paix et la dignité de ses appartements. Comme elle lui parut jolie alors. On peut dire qu'elle avait l'air d'un tableau. Quelque chose d'une gravure, à la manière dont elle disparaissait dans le corridor, indignée mais non sans se sentir en même temps quelque peu flattée, nous en sommes certain. Comme les femmes sont belles quand on leur avoue qu'on les idolâtre. Ce chapitre demeure indiscutablement pour le brigand un beau sujet de honte. Bien entendu nous la lui souhaitons cordialement, il aime bien cela, avoir honte. Pas trop. Un peu seulement. Au moment où il avouait l'affaire de la petite cuiller son propre courage le faisait frémir. Quel lion! Et donc elle avait été mariée avec un homme comme il y en a des milliers, et comme certainement beaucoup d'autres femmes auraient été passablement heureuses d'en avoir épousé un, mais justement pas elle, parce qu'elle était celle qu'on appelait Simplette. De la simplette qui vivait en elle elle était très, très discrètement fière. Elle se pensait comme celle qui avait en elle cette petite dose de bêtise. La bêtise est très souvent liée à la grâce, on peut même dire que c'est sur cette petite dose de bêtise que repose ce bout de charme. C'était son cas. Elle avait été très malheureuse, dit-elle un jour au lécheur de petites cuillers, auquel elle pardonna ce zèle d'écolier en faisant comme si elle l'ignorait. Été malheureuse? Une simplette pouvait-elle même être malheureuse? Cette question devait plus tard occuper longtemps l'esprit du bon, du tendre et doux garçon, nous parlons de notre brigand. N'y avait-il donc vraiment partout rien d'autre que conflits et histoires conjugales? Pourquoi est-ce que ça cloche si souvent dans les ménages, se demandait-il. « Pourquoi étiez-vous malheureuse avec votre mari? » demanda-t-il. Mais elle évita le tour direct de la question en répondant : « Je ne veux pas vous parler de cela. Vous ne le comprendriez peut-être pas du tout, et moi, de répéter ce que j'ai vécu dans mon mariage, cela me ferait peur, peur de moi. On doit pouvoir continuer à s'aimer. — Vous étiez méchante dans votre mariage? — Ne soyez pas si curieux. — Dans le cas présent, c'est plus un désir d'apprendre que de la curiosité. — Comment pouvez-vous penser que j'aie jamais pu être une femme méchante! — Naturellement vous avez toujours été gentille, mais quelquefois on est méchant justement parce qu'on est très gentil. » Elle garda le silence et du coup quelque chose l'envahit, qu'on voit flotter sur une femme dessinée par Dürer, quelque chose de farouche comme un oiseau de nuit volant dans l'obscurité au-dessus des mers, quelque chose de plaintif qui s'enfonce en soi. Il n'apprit plus rien sur ce mariage. Les simplettes peuvent comme personne s'obstiner dans le mutisme, ce sont des championnes dans le plaisir qu'elles prennent à faire preuve de tact. Elles poussent dirait-on jusqu'au défi, jusqu'à la provocation cette démonstration de tact, et elles consommeront le malheur accumulé par leurs désillusions morceau par morceau dans une constante dignité. Précisément les soi-disant simplettes sont capables de cela. Aimeraient-elles leur souffrance ? Mais les simplettes aiment aussi rêver, et le malheur de ce mariage pourrait très bien n'avoir tenu qu'au fait que son mari ne correspondait pas à ses rêves, qu'il n'était ni si gentil, galant, chevaleresque, gai, pieux, respectueux, spirituel, intelligent, bon, courageux, inébranlablement confiant, amusant, sérieux, croyant et incroyant aussi, que l'époux qu'elle se représentait dans ses pensées. Il faut très peu de chose parfois pour faire un grand malheur. Et Simplette à présent, portant des traces de sa gentillesse d'antan, était assise à table, un morceau de saucisson sur son assiette, dont elle mangea une partie ou dont elle mangea tout, ne laissant sur l'assiette que la peau qu'un page ensuite avala parce qu'il lui semblait amusant de jouer un peu à son tour les simplets, et dans la cour il y avait du soleil, et souvent elle était aussi tranquille que le fond de la mer, comme si toutes les maisons et toutes les choses qui s'y passaient étaient plongées dans une eau immuablement claire, magnifiquement transparente, qui les rendait visibles et impénétrables, changeantes sans qu'on puisse les changer. Et le brigand fit ensuite main basse sur des Histoires, c'est-à-dire qu'il lisait toujours ces petits livres populaires et qu'avec les récits qu'il avait lus il en fabriquait d'autres tout à fait personnels, ce qui le faisait rire. Peut-être qu'en Simplette sommeillait une moitié d'homme et que c'est pour cela qu'elle ne supportait son mari qu'au détriment de son âme ? Au moins avait-elle maintenant par chance une gentille servante. Elle recevait beaucoup de voyageurs de commerce venus de Paris. Elle ne s'en tirait pas toujours facilement avec eux. L'été elle s'habillait tout en blanc, et de Richard Wagner elle disait modestement qu'elle pensait qu'elle ne le comprenait pas. Il fallait connaître la musique pour apprécier Wagner. Et une fois elle traita son brigand d'idiot. Une gifle à présent nous attend. Vous allez tout de suite savoir où et comment. Quant au chapeau d'Edith, nous le laissons provisoirement à sa couleur allègrement verte.

Une institutrice a dû se laisser dire dans la ville qu'elle n'était pas une bonne institutrice, qu'elle ne connaissait pas son métier. Elle en fut à ce point découragée qu'elle se dit à elle-même : « Je pars à la campagne », où dans le silence et le calme, et parce qu'elle avait affaire là à des gens qui lui laissèrent le temps de maîtriser son caractère peut-être un peu déconcertant, elle devint une très bonne institutrice. « Chers concitoyens, ne vous refusez donc pas si vite les uns aux autres l'estime. Ne vous contentez pas de parler de difficultés, tenez-en réellement compte. Si vous faisiez cela, il y aurait je ne sais combien de fois plus de citoyens et de citoyennes reconnus et par là même heureux et productifs. Qu'on soit rapide quand il s'agit de servir, mais quand il s'agit de juger aussi lent que pour commander et pour diriger. Quelqu'un qui dirige n'y mettra jamais assez de soin. Diriger et commander sont d'ailleurs deux choses différentes. Et qu'on mette la même prudence à élever qu'à rabaisser. » Mais, mille bon Dieu, j'ai perdu à tout jamais le droit d'entrer au café des dames. Je vous expliquerai pourquoi plus tard. En compagnie d'un professeur de lycée, qui avait vécu pendant un trimestre un triste mariage et au bout de ce temps avait décidé de divorcer étant donné que sa femme ne tenait pas assez ou pas du tout compte de sa personnalité, le brigand entreprit une promenade à travers champs par le plus ensoleillant des soleils. « Que pensez-vous de ce professeur Glorreich qui paraît si extraordinairement s'intéresser à vous ? » Le brigand répondit : « Ce qui est sûr en tout cas, comme j'en garde aujourd'hui encore le plus joyeux souvenir, c'est que son chien m'a mordu les mollets, le jour où je suis venu pour un entretien dans sa très chic villa dominant le lac et les montagnes. — Il est plutôt bien disposé à votre égard ? — Monsieur l'enseignant, dit le brigand, monsieur le professeur dont vous parlez est certainement bien disposé en premier lieu à son propre égard. C'est notre cas à tous. Si par exemple vous n'aviez pas été bien disposé à votre égard, vous auriez été incapable de fuir votre ancienne femme. Vous vous faisiez pitié à vous voir vivre diminué comme vous l'étiez. C'était une pitié absolument fondée. Le professeur Glorreich a lui aussi de la pitié et de l'indulgence pour lui-même. Moi-même, qui suis là à parler avec vous, je m'inflige aussi peu de dommages que possible, en m'obstinant notamment à croire en moi avec une fermeté inouïe. » L'enseignant posa un regard attentif sur l'éloquent brigand, puis il dit : « Cette promenade a vraiment quelque chose d'hölderlinement clair et beau », ce que son vis-à-vis confirma en ajoutant cette remarque : « Les avantages suivent des lignes parallèles. Notre bonne humeur peut facilement et joliment bien nous accompagner où nous allons. La gloire de votre monsieur le professeur me réjouit, je veux dire que pour nous qui vivons aujourd'hui il est de la plus grande importance d'apprendre à nous délivrer de cette vieille peur qui nous fait croire que les avantages des autres sont un obstacle sur notre propre chemin, alors qu'il n'en est rien. L'excellence d'un concitoyen me permet de produire moi-même quelque chose plutôt qu'elle ne me l'interdit. Et puis d'après ce que nous savons, pas plus les désavantages que les avantages ne sont assurés de la continuité, ils cessent bien plutôt d'agir de fois en fois, d'occasion en occasion. Le nuisible commence le plus souvent avec l'épuisement de l'utile. Je veux dire par là que toute chose utile peut se transformer en nuisible et que sur toute chose nuisible peut pousser l'utilité. L'avantage d'un autre n'est donc pas mon désavantage, parce que l'excellence ne dure pas. Il n'y a pas de perfection dont la valeur persiste. Les valeurs se succèdent. Les gens parlent aujourd'hui d'un haut fait et le lendemain d'un autre. Ce qui nous empêche d'aller joyeusement de l'avant, ce sont nos susceptibilités. Nos sentiments sont à beaucoup d'égards nos ennemis, mais nos concurrents ne sont pas nos ennemis. Nos prétendus adversaires ne sont vraiment nos adversaires que lorsque nous craignons leur valeur, qui doit pourtant bien être chaque jour renouvelée, reconquise chaque fois, si elle ne veut pas perdre ses couleurs. » De nouveau l'enseignant examina son compagnon d'un œil attentif. En ce temps-là le brigand habitait dans une chambre où par une lucarne comme celle de Frédéric avant la bataille de Rossbach il regardait le lointain. On lui avait demandé un jour un rapport de lecture de l'histoire de Frédéric le Grand par Kugler, et à présent il frédériquait tout seul. On ne lui en voudra pas.

Comme toutes ces impressions insistent pour entrer en moi. En lui aussi sans doute. Jointes à ces exposés de principes, de divergences d'opinions. Sans compter la discrétion qui entoure l'achat d'un Weggli. Weggli, Stängeli, Ringli, Gipfeli sont des noms de gâteaux. Comme l'ombre des arbres nous fait du bien. C'est la racaille qu'on voit traîner dans les cafés, entendit un jour le brigand dans un café justement et de la bouche d'un éméché, peut-être « racaille » lui-même par conséquent. Cela prenait un air d'ironie, de dérision. Les mots mêmes contenaient l'issue propre à faire sortir de sa confusion celui qui les prononçait. Ceux qui n'ont pas envie de travailler refusent de croire à cette envie chez les autres, une façon en somme de se libérer, de s'autojustifier à peu de frais. Le brigand pensa au projet qu'il avait eu d'écrire sous les yeux d'Édith, en présence donc de celle qu'il aimait, c'est-à-dire dans la salle où elle servait, le roman que depuis si longtemps ses amis attendaient de lui. Quelle romantique résolution, vouée à l'échec naturellement. Et puis ces gérants aussi, qui tantôt le saluaient poliment, et la fois d'après lui tournaient le dos, au gré de leur humeur apparemment. Il avait en effet l'habitude d'aller voir les filles aux ordres de ces gérants en qui elles voient leurs supérieurs. S'il prenait auprès de ces filles le rôle de l'homme réfléchi, qui sait mieux les choses, il s'attirait à coup sûr les sympathies de la direction. Mais s'il choisissait la sympathie des filles, montrait quelque chaleur pour ces créatures, les visages de la direction devenaient aigres comme des choux aigres et hostiles comme le froid mépris en personne. Une fois il accompagna une femme jusque devant le seuil où sa marche l'avait conduite, en portant sa valise, et pour ce service reçut de sa main gantée un franc. La serviabilité dont il avait fait preuve ne plut pas seulement à la dame mais à lui-même aussi. Une jolie conduite nous rend joli, pas seulement à l'intérieur de nous-même mais extérieurement aussi. Quand notre façon d'agir est agréable, cela s'imprime dans les traits de notre visage, qui prennent un air gentil que l'on ressent. Tous les huit jours il prenait une douche, sous le jet de laquelle il jouait au petit nègre que la pluie fait danser sur place. De cette douche nous reparlerons peut-être tout à l'heure. Mais maintenant je me permets d'ajouter au fait la raison pour laquelle je n'ai plus le droit d'aller au café des dames. Une Aargovienne, là même et aux accents d'une musique langoureuse, me présenta sur une assiette le jeune Goethe. Comme il me paraissait invraisemblable sous cette forme sautillante, je n'en voulus pas. Faire de Goethe en sa jeunesse une marionnette, une poupée, merci bien ! Cette erreur aurait encore pu passer, seulement, voilà qu'un jour parut une des plus belles jeunes femmes que j'aie vues de ma vie, une Brésilienne, avec laquelle, comme elle s'était assise auprès de moi, je m'engageai dans les nœuds d'une conversation. Elle me dit qu'elle possédait cinq cents nègres. Comme je ne voulais pas croire à ces nègres et à leur scrupuleuse obéissance en toute occasion, elle m'appela un paysan, à voix suffisamment haute pour que l'ensemble de l'honorable assemblée, consistant en un magnifique bouquet de beautés féminines, l'entendît. J'étais anéanti. Une méconnaissance de Goethe qui frise l'impertinence en faisant de ce poète un pantin qui salue et ne serait rien d'autre que gentil, et ma résistance à une conception juponesque de l'Afrique sont les motifs auxquels je dois mon exclusion des cercles de l'élégance. Je bois à présent ma bière dans la ville basse et je m'en trouve bien. Du reste je rôde quand même tous les jours dans la ville haute. Les remarques caustiques que je récolte au passage ne m'importent pas. J'ai été moi-même souvent caustique et je sais par expérience qu'on ne pense absolument rien quand on se permet des audaces en paroles. C'est donc maintenant au tour du brigand de voir descendre vers lui ces grandes duchesses de la finance, comme si elles venaient s'informer à son sujet, et il se sent tranquille alors qu'auparavant il avait toujours l'air d'un écolier réprimandé. Nous mettons tout cela de côté dans l'intérêt de ce qu'il y a d'intéressant dans la réserve. Durant la première année de son séjour dans notre ville, qu'il se mit à aimer comme aucune autre auparavant, il travaillait par périodes en qualité d'employé aux écritures dans un département de l'administration, à savoir les archives, où il était principalement chargé de composer des catalogues. De temps en temps on lui donnait des commissions à faire et le dimanche il s'envolait comme un oiseau dans la campagne environnante, zigzaguant pardessus champs, à travers bois, jusqu'à ce qu'il trouve une hauteur pour se poser. « Bizarre qu'on puisse occuper un brigand avec de la copie », disait le chef en souriant. Avec ce chef il s'entretenait, aussi souvent que l'occasion s'en présentait, de l'essence de l'homme. Le brigand tenait alors derrière son pupitre des propos sombres, peut-être à cause de l'humeur qu'il éprouvait sourdement à être là debout ou assis un temps interminable. Mais le chef le consolait en lui exposant sa conviction qu'il y avait autant de gens serviables et attentifs aux autres que de gens avides et incapables de s'associer à des efforts communs. La chambre qu'il habitait alors appartenait à une famille Stalder, composée de la mère et de deux filles qui aimaient lui chercher querelle, parce que chercher querelle leur paraissait en soi une marque d'intelligence. Le brigand était censé apprendre auprès de ces jeunes bourgeoises les bonnes manières, des façons de penser, etc., mais il ne put jamais vraiment croire en elles. Parfois oui et parfois non. Elles le traitaient parfois de radin, parfois de m'as-tu-vu. Il était parfois trop déluré, et parfois beaucoup trop timide. Ce qu'elles lui reprochaient avant tout était son goût de l'exactitude. S'il devenait nerveux en leur compagnie, elles s'en réjouissaient. Il était clair en somme qu'elles ne tenaient pas tellement à ce qu'il aille bien. Ce n'était pas très beau de leur part. Vous vous étonnez de nous voir prendre ici la défense du brigand. Il sera encore question de cette famille, en toute gentillesse bien entendu. Le brigand était à cette époque quelqu'un de très silencieux et ces deux filles s'étaient mis en tête de l'avoir tous les soirs rien que pour elles, quatre heures durant, à causer et papoter. Pour leur faire plaisir il s'y résignait. Mais s'il lui arrivait de se retirer pour se retrouver seul avec lui-même, pour lire, ce n'était pas bien. On disait alors qu'il n'était qu'un grognon, un ennuyeux, quelqu'un donc qui accablait ces deux sœurs d'ennui et n'avait que des choses fades à leur offrir. Il n'avait donc pas en elles la confiance désirable, tout en les estimant naturellement pour le degré de culture qu'elles lui paraissaient avoir. Bon, ce genre d'estime, oui, mais jamais par tous les diables il n'eût voulu être amoureux d'elles. Or, c'est ce que précisément elles souhaitaient. L'une d'elles lui montra ses épaules découvertes, l'autre alla même jusqu'à lui offrir un aperçu, à vrai dire plutôt mince et limité, du royaume féerique de ses dessous, un jour qu'elle était montée sur une table. Comme il disait qu'il avait connu une serveuse de restaurant qui avait épousé un colonel, elles se mirent toutes deux à rire, mais d'une manière forcée, comme si elles s'étaient senties blessées en leur qualité de bourgeoises, une qualité qu'elles aimaient et que d'un autre côté elles n'aimaient pas du tout. L'aînée parlait beaucoup de Jeremias Gotthelf, auquel elle se raccrochait, si on peut dire, comme s'il avait été affecté à son service au titre de saint patron, comme si elle s'était dit qu'elle était elle-même une sorte de personnage de Gotthelf. La famille, racontait-elle, avait déménagé à Zurich, mais comme aucun personnage de Gotthelf ne hantait cette ville, elles avaient préféré revenir dans le canton de Berne, où malheureusement il ne s'en trouvait pas davantage, malgré toute l'attention et le soin qu'elles mettaient à en chercher. Je reviendrai plus tard, comme j'ai dit, à l'examen de cette famille, car elle le mérite. La sœur aînée en particulier donnait au brigand une impression de sérieux mais, non moindre, une impression aussi d'immaturité. Malgré les airs d'indépendance qu'elle prenait, elle lui paraissait en même temps dépendante, et avec toutes ses originalités, sans originalité. Au mieux je dirais ceci : il la respectait mais il n'y avait rien en elle qui l'attirât. Le brigand dans ces conditions n'est-il pas entièrement innocenté ? Son visage était comme un ordre : tu m'aimes, ou bien je vais le dire à ma maman, qui pensera que tu es un vaurien. Mais la maman, qui avait été témoin plusieurs fois du manège entre sa fille et lui, lui dit un jour doucement : « Elles devraient être beaucoup plus légères, moins curieuses de tout, moins angoissées, moins spéculatives. » Elle parlait de ses filles, qui voulaient là à toute force obtenir une chose, comme si de tendres sentiments et l'immensité que cela comporte pouvaient être obtenus par l'intelligence ou par l'art ou par des mots d'esprit. Les deux filles Stalder avaient beaucoup de relations, des couturières, comme par exemple la Bergemmi. « Quelqu'un qui se frotte à tous les jupons et qui traîne dans tous les cafés comme vous. » Qui parle ainsi ? L'une des sœurs ? Mais qu'est-ce que c'est que ce ton grincheux ? Elle aurait dû commencer par être un peu charmante avec lui et il lui serait demeuré attaché, au lieu d'aller comme il fit ensuite dans une mansarde chez la veuve que l'on sait, et de faire ainsi cette très étrange connaissance. Ajoutons qu'une fois il fut avec l'une des filles Stalder d'une franche grossièreté. Nous reviendrons spécialement et délibérément sur ce point car nous voulons cette fois le montrer « comme il est », avec tous ses défauts. Froisser le chapeau d'une demoiselle. Quand même ! Et en pleine rue encore. Elle perdit presque connaissance. Nous la comprenons. C'est terrible. D'un autre côté il eut de nouveau un cordial entretien avec un rédacteur qui s'intéressait vivement à lui. Il trouva non seulement qu'il n'y avait rien à dire au costume mais même qu'à son avis il s'accordait parfaitement avec le caractère du brigand. Mais n'est-ce pas le moment où revient cette Wanda ? Et ne fréquentait-il pas aussi en ce temps-là le musée? Et l'Aare n'enserre-t-elle pas notre ville comme un homme qui prend soin de celle qu'il aime?

En plus chacune s'imaginait être celle qu'il aimait, avait dit, toujours à propos de ces amourettes, la plus mûre des demoiselles Stalder, et elle avait eu en même temps un rire presque strident, c'est-à-dire tragique, comme si elle raillait tout en les plaignant « ces pauvres sottes », ces toquées. Au fait, un jour, à une gentille brunette qui travaillait comme caissière, il avait présenté, mais avec une détermination qui avait déjà presque quelque chose de fugace, une demande en mariage qui n'avait pas été prise au sérieux et avait par conséquent été repoussée. Et maintenant on le persécutait. Le persécutait-on à cause de la fugacité de ses demandes en mariage? A cause de sa façon brouillonne d'être sérieux? A cause de ce qu'il y avait de tragique dans son comique ou bien à cause de son nez insignifiant? Ou bien parce que ce nez, il l'avait plus d'une fois mouché en se servant de ses doigts au lieu d'employer pour cette opération son petit mouchoir de poche? Méritait-il d'être persécuté? Était-il même au courant? Oui, il le savait, il le devinait, il le sentait. Ce savoir se perdait, puis lui revenait, il se brisait pour rassembler ensuite joliment ses morceaux. Était-il persécuté parce qu'il fumait trop de cigarettes? Le brigand avait trouvé une fois dans la soupe qu'on lui avait servie à table un cheveu de fille et n'avait pas hésité à le consommer comme si ç'avait été quelque chose de comestible. Était-ce pour un pareil péché qu'on lui empoisonnait la vie, déjà difficile sans cela ? Le pauvre. Certaines filles prenaient très à cœur son grand et pauvre destin, car de loin déjà son accablement se voyait. Ses yeux quand il était en compagnie se mettaient à vibrer, à papilloter comme des lumières que le vent dérange, du silence traversé par un courant d'air. Ses yeux étaient une ronde de petits lévriers. N'est-ce pas excellemment dit ? Wanda, il vaut mieux que je la retienne encore pour le moment. Comme elle piétine, comme elle frétille dans son désir effréné qu'on parle d'elle. Nous comptons la traiter dans la plus stricte justice. Personne, personne ne savait qui était et comment s'appelait celle pour qui le brigand brûlait. Mais laissons cela provisoirement inéclairci. Ils avaient tous l'air de prétendre le savoir, mais personne ne l'apprit. Quelle tension. La tension allait parfois jusqu'à la limite du déchirement, comme si on s'arrachait un drap, mais le drap était plus fort que tous ceux qui tiraient dessus. « En une seule nuit vos poux disparaissent. — Un garçon désireux d'apprendre sérieusement l'agronomie trouverait un logis et un enseignement en tout ce qu'il souhaite apprendre chez Machin Chouette. » L'huile d'olive, le savon de toilette, etc., autant de réclames qui retenaient l'attention du brigand quand il lisait le journal. Rien que le fait de lire de petites annonces, n'était-ce pas déjà presque immoral en soi ? Et puis il y eut cette personne connue de la ville qui entra dans le néant à cause de lui en ouvrant comme sans le faire exprès, comme par distraction, le robinet à gaz, à la suite de quoi elle tomba à la renverse et trouva la mort. Quelques-uns prétendaient qu'il y avait cinq petits garçons vivant ici et là qui le réclamaient comme étant leur papa. Restons sérieux. Le persécutait-on en somme parce qu'il était un peu trop le préféré ? Ce n'est pas invraisemblable. Mais en disant cela on est encore loin d'avoir répondu à toutes ces questions. « On te persécute », dit je ne sais quelle personnalité d'importance en s'adressant au plus innocent de tous ceux qui ont part aux effets et aux tâches de notre civilisation. Il se répétait ce mot singulier. Il sonnait comme un avertissement montant d'un abîme. « Laisse tomber, se contenta-t-il toutefois de répondre, je le sais depuis longtemps, mais je n'y attache absolument aucune importance, vois-tu. Être persécuté n'a rien d'essentiel en soi. Je verrais plutôt cela comme quelque chose de tout à fait accessoire, quelque chose qui ne mérite même pas qu'on le remarque, qu'on en tienne compte. C'est quelque chose de sérieux qu'on ne prend pas au sérieux. Cela chatouille de temps en temps, un peu. » Après quoi le sujet sembla épuisé. Incroyable légèreté. Et puis, tremblant pour lui, toutes ces dames sensibles, capables des plus fines perceptions. Et entre-temps il se faisait instruire par un lieutenant qui n'avait pas fait la guerre, dans l'art de ne pas perdre sa gaieté. Et puis il y a encore cette fille d'un restaurateur qu'on dit avoir souffert de troubles, parce qu'elle avait sans résultat conçu et placé trop de confiance en lui. En plus du reste, donc. Et puis, encore ceci : le brigand dressa durant un certain temps une femme de ménage à s'habituer à l'idée qu'il aimait bien qu'elle lui dise des choses comme « Sors de cette chambre » ou « Viens ici ». Ces choses-là et d'autres ont comme on dit transpiré, ont donné lieu à des rumeurs et complètement détruit la réputation de notre excellent brigand. Eh oui, il a beaucoup, beaucoup fauté, ce jeune homme. Et nous n'en avons toujours pas fini de faire le compte de ses erreurs. Est-ce même possible ? Quelques petits extraits du registre de ses péchés devraient simplement vous suffire. Il a attiré l'attention d'une servante sur des possibilités de se montrer arrogante et c'est pour cela qu'il est à bon droit persécuté. En quoi consistent alors les persécutions ? On essaye de l'user, de le décourager, de le rendre nerveux, irritable. On a essayé en un mot de lui implanter de la morale. Y réussira-t-on, c'est encore la question, car tout comme avant il porte assez haut la tête, sans pour autant provoquer. On ne peut pas dire qu'il ait l'air fier de lui. Il a tout simplement su rester gai. C'est tout. Le lieutenant mentionné mérite à ce propos pleine considération. Ce point très précisément ne souffre aucun doute. Lentement, précautionneusement, j'en viens toutefois à parler maintenant d'une étrange affaire. Je voudrais presque m'interdire de même la mentionner, mais cela doit, doit absolument être dit. Que cela sorte enfin, ne serait-ce que parce qu'il s'agit d'une chose qui est peut-être drôle. Cette femme de ménage avait des tüpfli, de petites taches de rousseur sur les bras. Un jour qu'elle lui servait son repas elle l'étreignit avec cette peau de velours et sa parure de tüpfli. La peau était chaude et froide, sèche par l'usure et humide en même temps. Avec une peau pareille on imagine le succès que remportait cette servante ou femme de journée. Nous devons absolument insister là-dessus, en d'autres termes, il est indispensable de faire remarquer, par exemple, que cette personne originaire de la Poméranie, voyant un portrait d'Edith qui était posé sur le bureau ou le secrétaire du brigand, le prit dans sa peau de velours et devant ses yeux le déchira en morceaux, afin qu'il sût jusqu'où elle se croyait en droit d'aller. Elle voulait là tout simplement lui faire un affront et elle le fit avec le plus grand calme, car elle savait à quel point il était de bonne composition, c'est-à-dire qu'elle le connaissait, elle savait déjà depuis longtemps son goût pour les airs de supériorité pris envers lui, car en cela, en la connaissance de cet aspect de sa nature, il l'avait, il faut bien le dire, instruite avec le plus grand soin. Comme instructeur il s'était même glorieusement distingué. Et maintenant voilà que le portrait d'Edith, un dessin au crayon, gisait sur le plancher luisant de propreté. Le brigand ramassa les lambeaux pour s'allonger ensuite sur le sofa, tandis que les yeux verts de sa femme de ménage braqués sur lui ne cessaient de briller. Et cette affaire étant devenue publique avait produit une mauvaise impression, d'autant plus qu'il n'y avait toujours rien du côté de ce billet de cent mentionné au commencement. C'est aussi à cause de ces cent francs, qui étaient célèbres depuis longtemps déjà, qu'on le persécutait, et avec raison naturellement. Nous pouvons seulement indiquer que le père d'Edith avait été en son temps ce qu'on appelle un homme instruit. Pour le moment il vivait dans le monde souterrain, c'est-à-dire qu'il avait cessé d'appartenir en tant que membre utile au monde terrestre. De son vivant il dispensa à sa gracieuse fille l'enseignement du latin. Il semble que nous soyons dans le vrai quand je prétends d'elle qu'elle parle nos trois langues nationales. Pour être exact, elles sont quatre, mais la dernière ne compte pas pleinement, parce que c'est une sorte de langue fossile, qui n'a plus cours que dans quelques vallées. Comme notre patrie se distingue là joliment des pays voisins. Nous parlerons de cela plus amplement par la suite. Nous songeons ici au monument d'un aviateur qui fut le premier avec son appareil à survoler les Alpes. Les épingles à cheveux, etc. le touchaient toujours quand il en trouvait, abandonnées à leur manière. Edith et Wanda eurent à un certain moment, auquel nous sommes encore loin d'être arrivés, une rencontre que je m'accorderai la liberté de vous décrire. On ne devrait pas dire décrire, mais plutôt présenter. Et maintenant venons-en à cette surveillée à laquelle le brigand, un soir qu'elle se tenait là contre un poteau, avait adressé la parole et avec laquelle le lendemain matin sous un ciel radieux de printemps qui peignait en bleu le monde entier, il avait eu une rencontre. Ils se promenèrent en longeant dans un sens puis dans l'autre la lisière du bois. C'était un dimanche. Jamais notre protégé n'aurait dû se montrer familier avec cette isolée, cette éliminée, cette marginale. C'est une grosse faute de l'avoir fait, et le voir en pareille compagnie nous fait de la peine. Nous en assumons toutefois la responsabilité à sa place dans une mesure qu'on peut dire complète. Sous le vent léger du matin les feuilles susurraient. Là où ils se promenaient se promenaient aussi d'autres gens. La ratée lui montra au moment où elle s'asseyait avec lui sur un banc ses souliers, qui en eux-mêmes ne pouvaient guère présenter d'intérêt. « J'étais une beauté jadis, lui déclara-t-elle. — Tu ne te considères donc plus comme telle aujourd'hui », répondit-il. Elle fit comme si elle n'avait pas saisi l'objection. « Je viens d'une maison de riches.

Mon père possédait une usine. N'oublie pas cela. — Je fais de mon mieux pour ne pas t'exposer à une complète absence de considération de ma part », dit-il. Il dit cela d'un ton sec et gentil. D'ailleurs elle ne prêtait aucune attention à ce qu'il disait. « A présent je suis devenue une pauvre, poursuivit-elle et elle ajouta : Quand j'étais encore jeune fille, j'ai épousé un Sagittaire, un très bel homme. — Vous faisiez un beau couple alors. » Elle ignora une fois de plus le commentaire du brigand et poursuivit : « Mais à l'usage il ne valait pas grand-chose. Il était endormi et moi j'avais un tempérament du tonnerre... — Et alors tu t'es moquée de lui. » La narratrice poursuivit en ces termes : « Il était comme un arbre couvert de feuilles d'or. — Il semble que tu ne l'aies donc pas trouvé assez vert pour toi. Je te comprends. » Celle qui avait pris la parole passa la langue sur ses lèvres et continua : « Il se mit à s'en vouloir parce qu'il ne me procurait aucune satisfaction et à m'en vouloir à moi parce qu'il n'avait pas de plaisir. Je me donnais le plus grand mal pour paraître contente de lui. Mais il m'en voulait à nouveau de ce mal que je me donnais. — Il y voyait clair. » Elle regarda devant elle, sortit de son sac à main un poudrier ainsi qu'un petit miroir, se poudra les joues qui déjà n'étaient plus très belles à voir, examina son visage dans la glace et déclara alors que la vie conjugale avec le bel homme était devenue impossible, sur quoi elle entreprit de démonter les rouages d'une véritable tragédie pour demander enfin au brigand : « Avoue-le. Tu es de la police. — Absolument pas », répliqua le brigand et il se leva pour partir. Du bois venait le son d'une harpe, comme si des angelots faisaient dans les buissons une musique d'église, et de la ville venaient toujours davantage de promeneurs. « Tu reviens ici demain matin, tu entends », ordonna-t-elle presque. En la quittant, le brigand — qu'elle commençait semblait-il à apprécier — lui fit l'hommage de s'incliner gracieusement, ce qui bien entendu le fit un peu rire intérieurement. Ses façons distinguées à l'égard de l'exclue l'amusaient. Le même jour, plus précisément à quatre heures de l'après-midi, il vit pour la première fois Wanda. La voir et l'idôlatrer ne firent qu'un. En ce temps-là Edith respirait déjà dans sa petite salle, mais le brigand ne savait encore rien d'elle. Le sens de la justice nous oblige à ajouter ceci : le brigand avait quelque part sur invitation rendu public le résumé de sa vie jusqu'à ce jour, et les auditeurs avaient suivi son exposé tout à fait désarmant avec un intérêt apparemment extrême. Il est maintenant possible que cette conférence l'eût déjà dans une certaine mesure secoué et qu'à cette occasion quelque chose qui dormait en lui ait repris vie. Il avait été on peut dire longtemps mort. Ses amis le plaignaient et se plaignaient eux-mêmes d'avoir à se plaindre à cause de lui. Ainsi donc quelque chose en lui s'était éveillé, comme si c'était le matin qui se levait. C'est du reste à la même époque que dans un petit parc il avait lui aussi joué au cerceau. On se gardera toutefois de donner trop d'importance, bien sûr, à cette affaire de cerceau. Et puis c'est aussi en ce temps-là, très juste, qu'il avait accompagné une jeune fille au théâtre. On n'y donnait rien de moins que le *Fidelio* de Beethoven, un opéra prodigieux, comme on sait, d'une beauté exceptionnelle de la première à la dernière note. Ce sont des choses que je n'aurais pas besoin de vous dire, vous les savez. Et maintenant voici du pittoresque. En voyant Wanda, qui fit son entrée comme si de petits nuages blancs soutenaient ses pieds jeunes et délicats, afin que tout fût bien doux à chacun de ses pas, sans rien qui fatigue, il fit d'elle en un tour de main — c'est-à-dire qu'ici ses pensées lui donnaient pleins pouvoirs, pleins pouvoirs dont on pourrait discuter la légitimité, il est vrai — il fit d'elle l'impératrice de Russie et, tandis qu'une musique de casino lui caressait le front, il la voyait, dans un carrosse tiré par six, voire douze chevaux, à la stupéfaction virant bientôt à l'enthousiasme de toute la population, parcourir les rues de Saint-Pétersbourg. Ce n'est pas pour rien qu'on a pu dire par la suite au brigand : « Tu délires, mon vieux. » Les violons lui suggèrent immanquablement des révolutions. Passons. Qui a l'esprit vivant délire de temps en temps, c'est comme cela. D'une façon générale, il y a toute raison de croire qu'il était persécuté parce que cela allait presque de soi, parce que c'était facile. Ne le voyait-on pas toujours sans la moindre compagnie, si lamentablement seul ? On le persécutait pour qu'il apprenne à vivre. Il s'y exposait tellement. Il était comme la feuille qu'un enfant arrache d'un coup de baguette à sa branche, parce qu'il a remarqué son isolement. Il provoquait en somme la persécution. Et il finit par aimer cela. La suite au prochain chapitre. « Les enfants sont malins », entendis-je quelqu'un dire un jour dans la rue. Il se trouvait intéressant d'être ainsi observé. L'idée le flattait qu'on lui fît l'honneur d'être pour ainsi dire l'objet d'un contrôle, d'une surveillance. Sans cela il se serait peut-être depuis longtemps trouvé lui-même ennuyeux. Cette ainsi nommée persécution représentait pour lui la résurrection d'un monde englouti, nous voulons dire son monde à lui, dont lui-même pensait qu'il manquait de vie. Puisqu'on lui prêtait attention, qu'on s'occupait de lui, on le comprenait. Cela le réconfortait naturellement. En même temps il constatait qu'en vérité pas une âme ne se souciait de lui. On se contentait de lui barrer constamment un peu la route, mais peut-être était-ce déjà quelque chose, beaucoup même, car les obstacles nous remuent, nous animent, nous élèvent, c'est bien connu. Il se disait qu'il devait faire attention ; du plus agité qu'il eût pu devenir il devenait l'homme le plus tranquille. Mais pour cela il prenait son temps.

« Vous n'êtes jamais nerveux », lui dit une fille, comme si elle voulait lui en faire presque un petit reproche. Il ne se liait à personne. C'est surtout cela dont on l'accusait. Et puis, comme il traînait des pieds quand il aurait eu besoin d'objets du genre peignes ou valises. Il se déplaçait toujours avec le même ridicule petit coffret de dame modèle Stucki, dont une femme lui avait jadis fait cadeau. Jamais il n'aurait dû, comme il le faisait alors, repriser lui-même ses pantalons. Quelle à jamais irréparable transgression. Et pour comble, cette affaire à présent avec l'exclue. Cela, jamais on ne l'oublia. Non, on nc pouvait pas passer là-dessus. On aurait pu tout lui pardonner, mais pas cela.

« Idiot », siffla-t-elle sur son passage. Comme il faut qu'elle ait intérieurement souffert à cause de lui pour lui dire une grossièreté aussi agressive. Tout près d'un kiosque à journaux et parmi la foule que le mélange des couleurs rendait pareille à un bouquet de fleurs, il croisa cette furieuse. Nous expliquerons, nous éclaircirons cette affaire plus tard. Un certain nombre de choses dans ces pages paraîtront encore mystérieuses au lecteur, comme nous l'espérons bien, disons-le, car si tout était déjà bien en place, ouvert à la compréhension, le contenu de cet écrit vous ferait déjà bâiller. Lui dit-elle ce mot parce qu'il exigeait toujours si peu, se déclarait content comme il était, n'entreprenait aucune offensive contre les dames et autres objets désirables ? Ne se mettait pas sur le devant de la scène, ne trouvait pas nécessaire, semblait-il, de « devenir quelqu'un » ? Oh comme les yeux appartenant au visage dont la bouche proférait ce mot méprisant grondaient merveilleusement. Une gronderie si molle, si douce, qu'elle lui paraissait belle à elle toute seule. La colère de cette « fleur de l'Orient » venait-elle de ce qu'il enfilait toujours les arcades de notre ville au pas de gymnastique et dans l'extase ? Marcher à travers la foule déjà suffisait à le rendre heureux, à trouver cela formidablement drôle. A part cela il semblait ne penser à rien, sinon de temps à autre et très vite à des dessins de Beardsley ou à n'importe quoi d'autre du vaste royaume de l'art et de la culture. Il pensait toujours à quelque chose. Sa tête était constamment occupée par une idée quelconque et lointaine. Que les gens qui l'entouraient et qui remarquaient cela ne l'aient pas très bien pris, vous le comprendrez facilement. Le proche, le lointain, et à présent encore cette « Tour de la faim » dans le poème de Dante qu'on appelle *La Divine Comédie*, et nous n'en avons toujours pas terminé avec la remarque que cette personnalité de poids s'adressant au brigand avait laissé tomber : « On te persécute, mon cher. » Le brigand certes oublia pour sa part cette chose dite en passant, nous aimerions dire : immédiatement, mais nous, nous, elle nous préoccupe. Quel enfant ! Est-ce à cause de son côté enfantin qu'on le persécutait ? Lui en savait-on mauvais gré peut-être ? C'est bien possible. Et puis encore ceci qu'il ne faut pas perdre de vue : « à cette époque », quand il arriva dans notre ville, il était certainement malade, manquant étrangement d'équilibre, de calme. Il y avait comme pour dire des voix intérieures qui ne le laissaient pas en paix. Venait-il chez nous pour se guérir, pour se transformer en citoyen parmi les autres, serein et content de son sort ? Ce qui est sûr, c'est qu'en plus il souffrait de crises qui consistaient à penser que « tout » allait mal pour lui. Assez longtemps après il était resté extrêmement méfiant. Se croyait persécuté. Soit, il l'était en fait, mais peu à peu il réapprit à rire. Cela faisait assez longtemps en effet qu'il ne pouvait plus rire du tout. Est-ce qu'en revanche il rirait trop aujourd'hui ? Non, tout de même. Les filles Stalder aussi le martyrisaient, si l'expression est permise. Mais si elles le martyrisaient, c'était bien pour l'unique raison que la vie de son côté martyrisait les filles Stalder. Nous nous faisons mutuellement souffrir, parce que nous souffrons tous de quelque chose. On est plus porté à se venger quand on ne va pas bien soi-même. On se venge donc moins par méchanceté qu'à cause d'un mal, et nous sommes faits de telle sorte qu'aucun de nous n'est à l'abri de tout mal. Je crois que je me fais bien comprendre ici. Déjà les filles Stalder bâillaient assez souvent en la présence du brigand. Ce bâillement lui semblait voulu et l'était sans doute aussi, mais si au début il l'avait haï, par la suite cela ne lui faisait plus rien. Un jour dans la rue, comme un monsieur de bonne apparence lui bâillait au nez sans plus de façons, il jeta son mégot de cigarette dans ce trou de bâille que l'autre lui ouvrait. Vous pouvez vous imaginer les yeux que fit l'homme-cendrier. Cette action pourrait s'intituler : « La Vengeance du brigand ». Par chance elle était de nature plutôt espiègle. En lui bâillant au nez on essayait de le troubler, de le rendre perplexe. On a toujours essayé de provoquer en lui un sentiment de doute, de division, de désaccord avec lui-même. On voulait qu'il s'énerve, on voulait le voir bondir, sauter en l'air, bref, enrager, on voulait le voir en colère. Mais le brigand vit clair dans ces intentions. Aussi tous ces remueurs de mains, ces gesticulants l'avaient toujours passablement énervé au commencement. Mais c'était fini depuis longtemps. Je parle des gens qui exécutaient tout près devant ses yeux des gestes avec la main, comme s'ils jetaient ce qu'ils ne jugeaient pas bon. Ces façons de jeter l'avaient plus d'une fois terriblement irrité. C'est que dans un premier moment, il avait l'impression que c'était lui, le brigand, qu'on jetait ainsi. Susceptibilité optique naturellement. Bâiller, jeter, et quoi encore ? Et puis ces rubans noirs qu'on voyait toujours aux manches de gens qui avaient eu un mort quelconque et tenaient à faire savoir ainsi le regret qu'ils en avaient. Comme ces regrets sur rubans pouvaient irriter le brigand. Et aujourd'hui, est-ce qu'ils l'irritent encore? Non! Peut-être un tout petit reste en train de disparaître. Sinon ces signes de deuil n'endeuillent plus son humeur. Cette façon qu'elle avait eue de lui dire « idiot ». Une véritable agression. On pouvait croire qu'elle l'avait attendu là exprès à côté du kiosque pour lui lancer ce mot. Elle est un peu plantureuse. Un peu trop, ce qui est dommage naturellement. Et elle ne se tient pas droite avec l'énergie nécessaire. Mais quel visage délicat. Elle était la compagne obligée de Wanda et le brigand dans ses amours wandaïennes montrait un inépuisable et incomparable zèle. Il est tout de même passé un jour sans plus de cérémonie chez l'autre. A ce propos eut lieu entre lui et une demoiselle une assez longue conversation, dont nous reproduirons le contenu, car cela nous paraît indispensable. Pour le moment donc, il était encore « sous » Wanda, soumis corps et âme au pouvoir de Wanda et voici ce qu'il disait un soir dans sa chambre : « Tours de la faim, hébergez-moi pour l'éternité, et vous, hamacs, laissez-la sans fin se balancer en vous, afin qu'elle ne cesse d'aller aussi bien que cela pourrait aller mal pour moi, car elle est le kitsch le plus aimable qui soit sur la terre du pôle sud au pôle nord, et j'aime cette adorable expression d'inculture et d'éducation un peu négligée, je l'aime jusque dans les profondeurs où nichent les vautours de la démence. » Ainsi parlait-il en s'enthousiasmant et en se faisant bien rire tout ensemble, car elle était à peine capable d'écrire une lettre, alors que lui était une espèce de notaire. « Tu es joli et rien d'autre, et tu ne fais rien d'autre que d'être entiché de moi », lui dit-elle dans l'endroit public où ils se rencontrèrent. Il leva les yeux au ciel, c'est-à-dire au plafond, et rit silencieusement. Et ce matin d'hiver quelle mine gelée elle avait. Elle passa à côté de lui les yeux baissés. Un jour qu'il la saluait, elle se tourna vers son amie en lui demandant : « Tu le connais ? » L'autre répondit « Non. » Mais ce non ne sonnait pas naturellement, ne sonnait pas juste. Il y avait de la gêne en lui. Toutes les deux le connaissaient fort bien, mais c'était leur idée à présent de ne pas le connaître. Et puis un autre jour, c'était elle qui mendiait : « Viens donc et amuse-toi avec nous. » Lui faisait alors comme s'il ne l'avait jamais vue. « Donne-lui une gifle », suggérait l'autre, mais le ton n'y était pas. Il avait quelque chose de timide. Un jour, la maison était pleine de monde, je veux dire la salle dans laquelle des gens de toutes sortes de milieux s'étaient réunis pour écouter chanter un chanteur. Il n'y avait plus une place de libre. Le brigand occupait confortablement la sienne. Arrivèrent alors Wanda et ses parents. Ils regardèrent de tous côtés à la recherche de sièges, mais sans résultat. Wanda jeta un œil sur le petit brigand mais celui-ci ne broncha pas, ne se leva pas poliment pour demander la permission de dégager les lieux. Cette lèche ! Wanda tremblait de colère et du sentiment de sa dignité offensée. Enfin elle repartit en donnant aux battants de la porte un coup qui les fit valser sur leurs gonds. « J'en aime déjà une que je ne connais pas encore, disait une voix dans l'âme du brigand. — Tu feras sa connaissance », tonna en réponse l'âme du monde. Une actrice lui écrivit. Ames de tous ceux qui sont morts au combat, pardonnez à ce garçon qui court d'un magasin à l'autre pour choisir les cravates propres à le faire briller aux yeux de la petite Wanda, qui le prenait pour un enfant sans qu'elle pût rien savoir des qualités de cet enfant. Une fois elle était ravissante en vert et rose, mais on peut être ravissant sans que cet air ravissant ait sur un brigand comme lui d'autre effet qu'une forme limitée de contentement. L'air ravissant ravit, il est fait pour cela, mais du ravissement à l'amour il y a tout un ciel, l'amour c'est autre chose. Mais ce brigand n'avait donc pas de tâches sociales ? Pour le moment pas encore, semble-t-il. Il n'y avait rien de pressé non plus. Est-elle méchante, Wanda ? C'est une question qu'un petit garçon lui avait posée de sa fenêtre. Le brigand fit cette étrange réponse : « Elle n'est pas assez méchante et c'est pour cela que je ne suis pas gentil avec elle. » Ah, si une effacée pouvait être tout pour moi. Les jours viendront-ils jamais, et les semaines, qu'emplira de toute sa gloire la sans gloire ? « Viens donc », dit Wanda sur un ton câlin, tandis que le brigand feuilletait une revue théâtrale. Elle était en velours brun le jour où elle le priait si gentiment, mais c'est un tout autre « viens donc » qui se mit à vivre en lui, un vœu suppliant qu'il avait toute raison d'exprimer, car depuis combien de temps déjà gaspillait-il un temps précieux ? Devait-il se faire précepteur ? Wanda avait les lèvres un peu épaisses. Peut-être sont-ce ces lèvres un peu boursouflées qui firent qu'il perdit le respect qu'il avait pour elle. Lui qui lui avait si souvent couru après, couru à son devant, pour s'immobiliser dans sa course, attendant de voir les gestes qu'elle allait faire, se dit plus tard : « C'est elle qui me poursuit. » Et quand en plus elle parvint à l'âge où elle porta des robes longues, elle cessa de lui plaire. Elle avait perdu ce qu'elle avait eu de drôle, son côté clochette, délicat, maniéré. Elle changea aussi de coiffure. Dans ses boucles qui tombaient sur ses épaules elle ressemblait à un prince travesti, à une apparition venue d'un pays merveilleux, comme si elle arrivait du Caucase ou de la Perse. Mais à cette époque il avait déjà fait la connaissance de l'autre. On ne peut pas admirer deux filles au même degré. Il écrivit : « J'allai vers l'autre dans un état de distraction, parce qu'à cause de Wanda j'étais toujours en route, sans du tout prévoir que l'autre allait devenir beaucoup plus pour moi. Où peut bien être Wanda ? Ai-je du remords à cause d'elle? En aucune façon. » Et en plus d'Edith il y avait aussi cette Julie qu'il trouvait jolie. Mais à présent et décidément, parlons d'Edith.

A supposer, qui sait, que je réussisse à écrire ce modeste livre, en quoi cela pourrait-il faire tort à l'écrivain chef Dubi de Dubendorf, lui qui avec ses pièces de théâtre accumule les succès et remplit les salles? Serions-nous autre chose que les ouvriers de la vigne de nos efforts communs, puisque la chance veut que nous nous efforcions à quelque chose. Tous les soucis qu'une mère se fait pour ses enfants! Comme c'est bien, que les enfants ne s'en fassent aucune idée. Une soirée à l'opéra va maintenant en lieu et place convenable apparaître toute en rouge. Ce rouge donnait une impression de douceur et de bien-être, je suppose. Était-ce juste, était-ce humain de la part de ces impitoyables sœurs Stalder d'obliger un être aussi bon, aussi inoffensif que notre brigand, à dormir dans un lit au cœur si dur? Le lit était dur comme une planche, alors que tout le monde sait que les convictions du brigand sont souples comme des nouilles dans leur beurre. Comme ce pauvre rêveur livré aux yeux et à la présence de femmes nous fait de la peine, encore que nous ne puissions tout à fait exclure ici le plaisir de l'asticoter. Jamais ces jamais assez prisées sœurs Stalder n'auraient dû poser sur sa commode un napperon sur lequel était brodé que les gens raisonnables relèvent toujours la tête, c'est-à-dire ne perdent jamais courage. Hélas, comme lui-même souvent n'en perdait pas moins le sien. Ne lui arrivait-il pas souvent de s'écrouler presque de découragement? « Quand le matin blêmit, ouvre l'œil et souris », disait ce merveilleusement moral dessus de cheminée ou de buffet. Ne voit-on pas mieux après cela à quel point il se trouvait littéralement encerclé dans le sein de la famille Stalder? Sur cette idée d'encerclement nous trouverons bien l'occasion de revenir. La position enfermée du brigand ne laisse place à aucun doute. C'est dans le seul et unique but de lui faire perdre son humour, ce cadeau des dieux, que des gens, qui eux-mêmes n'en montraient pas toujours, lui demandaient: « Qu'avez-vous fait de votre humour? Où l'avez-vous laissé s'enfuir? » Dans des moments pareils il avait besoin de toute la force de sa confiance en lui-même pour garder son équilibre. Dieu merci il parvenait contre toutes les recommandations qui lui étaient faites à ne pas être un philistin ou un sec avocat et à sourire en ouvrant l'œil à l'aube de chaque matin, une chose qu'il faisait du reste instinctivement. Faut-il donc rappeler aux bouchers leur boucherie, aux boulangers leur boulange, aux serruriers la serrurerie, aux bons vivants qu'il fait bon vivre, aux pieux la piété et aux enfants leur enfance? C'est le bon moyen pour ôter aux professionnels ce qu'ils aiment dans leur profession et aux joyeux le goût de la joie. Faut-il rendre les jeunes spécialement attentifs à leur jeunesse? C'est nécessaire? Nécessaire qu'un humoriste ne soit toute la sainte journée rien d'autre que de bonne humeur? Pour devenir l'image du parfait rigolo? Combien de fois par la suite le brigand ne vit-il pas cette demoiselle Stalder sans la moindre trace d'humour dans le visage. Il ne l'en laissa pas moins être comme elle était, ne l'aborda pas pour lui reprocher son air maussade, revêche, et il ne l'exhorta pas non plus à relever la tête un peu mieux que ça. Il y a malheureusement beaucoup trop de gens chez nous qui veulent jouer les maîtres d'école. Ne pourrait-on déceler dans notre nation, si estimable par ailleurs, une propension à faire la morale sans nécessité? Si c'était le cas, il s'agirait d'une particularité qui devrait nous faire baisser le nez presque jusqu'à terre, car la morale faite mal à propos, sans raison, peut provoquer le mal et l'a certainement déjà en maintes occasions allumé et propagé. Mais chaque nation a son caractère et c'est comme cela. On doit s'en accommoder docilement et c'est aussi ce qu'on fait. Si je dis à quelqu'un : « Tu n'es qu'un sot », il s'empressera de commettre une sottise, aussi sûr et certain que deux et deux font quatre. Vais-je dresser une bête, par exemple, en en restant à ma conviction qu'une bête n'est rien d'autre qu'une bête stupide? Le dressage consiste à prendre en charge la bête stupide, loyalement, à la former et du même coup à me former moi-même. Quand quelqu'un de cultivé essaye de transmettre sa culture à un inculte, il s'applique en même temps à une plus grande perfection de lui-même. La mère Stalder taquinait le brigand parce qu'il continuait à étudier. La taquinerie n'était qu'une feinte, un artifice. Ce qui lui aurait plu, c'est qu'il épouse hardiment l'une des filles, voire les deux d'un coup, qu'il fonce en somme dans l'inconnu, qu'il s'envole dans l'azur des optimistes et jusqu'en haut du Stockhorn, qui est une montagne des Alpes bernoises dont le sommet ressemble à une corne. Une fois installé là le brigand aurait pu tous les matins sonner à pleins poumons de sa corne de détresse, tandis qu'une des filles Stalder ou les deux à la fois n'auraient plus eu qu'à peindre, écrire des poèmes, chanter, faire de la musique, danser et exulter, et tout cela aurait fait un vrai petit chalet suisse avec mademoiselle Stalder en mère Stauffacher[1] prenant des allures féministes. En réalité elle n'était qu'une espèce d'Eliseli, une petite commère faisant la cultivée, comme celle que nous représente un auteur qui n'est autre que Gotthelf dans *Uli, le valet*, n'ayant en tête que d'améliorer, instruire, affiner, corriger ledit Uli et qui pour punition de sa sottise eut un sot mari. Le brigand était par moments un veau tout aussi doux et borné qu'Uli. Tout comme lui il avait tendance à croire intelligent un chien stupide, et gentil un chien méchant, raison pour

1. Personnage du *Guillaume Tell* de Schiller.

laquelle la moindre baudruche, le moindre m'as-tu-vu, allais-je dire, se permettait de se moquer de lui. Mais Fritz n'est pas comme cela, je parle de ce jeune homme pas très sûr de lui qui habite là-haut dans les montagnes, où il passe son temps à cirer des chaussures. Son frère est instituteur et se sent un peu esseulé. Oui, il y a encore des hommes qui grandissent, qui ne sont pas devenus en un tour de main, à une vitesse à faire peur, des produits finis extérieurement et intérieurement, comme si les hommes étaient des petits pains qu'on fabrique en cinq minutes et qu'on vend aussitôt afin qu'ils soient consommés. Il y a encore, Dieu merci, des gens qui doutent, certains même qui ont l'instinct d'hésitation. Comme si tous ceux qui y vont carrément, qui savent mettre l'affaire dans le sac, qui font valoir des prétentions, étaient pour nous un exemple à suivre et, pour le pays auquel ils appartiennent, de bons citoyens. Eh bien justement non ! Et il y a des non-prêts mieux préparés que les déjà prêts, et des inutiles souvent beaucoup plus utiles que les utilisables, et finalement il n'est pas besoin que n'importe quoi soit immédiatement ou dans les plus brefs délais mis à la disposition des besoins. Je souhaite, moi, joyeuse vie, dans notre temps aussi, à un certain luxe de l'homme, et une société tombe entre les mains du diable quand elle prétend éliminer toute forme de nonchalance et de relâchement. Ici se dresse brusquement devant les yeux du brigand la figure de la rejetée, de l'éliminée de tout à l'heure. Il s'agit d'être prudent avec une femme comme ça. Sinon le lecteur atteint dans sa pudeur pourrait tousser ou même, qui sait, cracher d'indignation et me laisser choir. Il y avait déjà bien assez sans cela de nez qu'on mouchait en présence du brigand. Comment expliquer ce nombre de gens qui, quand il les croisait, mettaient un soin particulier à se nettoyer le nez avec leur mouchoir, comme si le son nasillard qu'ils produisaient voulait dire : « Tant pis pour toi. » Nous reviendrons amplement sur ces doigts dans le nez et autres crachats. Le temps dont nous disposons nous le permettra certainement. J'ai déjà consacré un soin touchant aux filles Stalder. Mais à présent je pense à cette jolie femme, qui posait son petit doigt sur la bouche, comme si elle avait voulu signifier par là au brigand : « Sois doux et calme comme un rocher dans les brisants. » Cette très jolie femme cessa dans la suite de poser son doigt sur la bouche, comme si « ça ne servait plus à rien ». Spécialement cette femme aimable, le brigand l'avait regardée cent fois au fond des yeux quand il la rencontrait, comme s'il avait cherché à y lire ce que signifiait pour lui la gaieté, l'espérance, etc. Quant à nous, nous n'attribuons à cette femme aucune importance particulière. Bien que nous ne puissions là être sûr de rien. Je la tiens en tout cas pour une gentille, une bonne. Mais les bons peuvent en certaines circonstances trop en faire.

La bonté ne résout pas tout. Si seulement, une bonne fois pour toutes, ces nez et ces cannes pouvaient nous laisser en paix. J'ai beau écrire ici comme un préposé aux écritures, je n'ai toujours pas dépassé ce duel que le brigand livra à un monsieur en pleine rue au retour d'une promenade. Le cher soleil était haut dans le ciel. Allez-vous-en maintenant, les nez, nous en sommes à présent à un revolver, qui du reste n'existait peut-être pas. On l'en menaçait peut-être simplement. Il n'avait pas laissé le passage à une dame qui marchait à côté de ce monsieur dont elle paraissait être la femme. Seigneur Dieu, cet empressement pour son épouse ! Si seulement tous les maris faisaient la même chose. Il aurait fallu le voir se précipiter sur le brigand tout en s'exclamant : « Toi, je vais te montrer ce que c'est que la politesse ! » Mais le brigand révéla un cœur de lion. Les voilà déjà tout près l'un de l'autre. Le brigand reçut un coup de canne sur la main. L'instant d'après il se jetait sur l'agresseur d'une façon qui fit que la pauvre femme poussa un cri : « Pour l'amour du ciel, Willi ! » Le cri fendit l'air comme un véritable appel au secours. Le militant pour le respect des règles du savoir-vivre sur la voie publique se vit arracher sa canne. « Va-t'en ou je tire », cria, ou seulement s'écria, monsieur Toutun ou Toudemême. Car il semblait tout de même un homme sincère, dévoué à sa femme. Le hasard fait que notre brigand a très peur des pistolets. En vertu de cette faiblesse et parce qu'il devait bien reconnaître qu'il était en faute, il quitta la place. Cette retraite provoqua le sourire victorieux de l'épouse apeurée. Son Willi avait gagné. Mais le brigand s'en fut la tête haute comme si le champ de bataille s'appelait Marignan et qu'il se fût tiré d'une grande affaire sans avoir perdu sa dignité. Une délicieuse élasticité courait dans tous ses membres. Cette journée comptait parmi les plus amusantes, et la main qu'il avait dû pour ainsi dire sacrifier en expiation de sa faute, qui avait pris le coup d'un homme animé par une vertueuse colère, un peu vive tout de même pouvait-on dire, une fois à la maison, il l'embrassa. Le brigand admirait cette main patiente, et il tenait à la caresser comme un enfant qui aurait été puni sans avoir été coupable. Car enfin cette pauvre main n'y était pour rien si le brigand ne s'était pas conduit comme un habitué des salons. N'est-ce pas merveilleux que nous ayons des mains qui prennent les coups destinés à la tête, le trône où siège l'orgueil ? Pardon d'avoir dévidé un peu longuement cette histoire de canne, dans l'idée qu'elle méritait l'attention. Il regarda donc sa main et lui dit : « Eh oui, ce sont les bons qu'on humilie... » Et il se moqua d'elle d'avoir été punie. Pourquoi l'avait-elle protégé ? Pourquoi tant d'empressement à lui servir de bouclier ? Parce qu'elle était sa servante naturelle ? Les serviteurs sont-ils tout juste assez bons pour jouer les paratonnerres, les parasols et quoi encore ? Faut-il toujours que les gentils trempent leur pain dans la soupe des méchants et des sans-gêne ? Comme il se trouvait lui-même méchant de rire. « Mais tu es la mienne », se dit-il et lui dit-il. C'est donc parce qu'elle était sienne qu'elle allait mal. Mais peut-être s'en réjouissait-elle ? Il y a des âmes qui ne s'ouvrent à la joie et n'en prennent conscience, longtemps après, que parce qu'elles ont pu contribuer à empêcher un malheur, parce qu'elles ont su endurer la souffrance, parce qu'elles ont eu la chance d'épargner à un être supérieur une disgrâce qu'elles ont prise sur elles, le mépris et l'humiliation qu'elles ont essuyés à sa place. Des âmes comme celles-là ne trouvent leur beauté et la fraîcheur, l'apaisement de leur soif, que sous une pluie d'injustices qui les transperce. Et la main paraissait elle-même heureuse, paraissait sourire à l'absence de ménagement de son possesseur. S'il pouvait y avoir beaucoup d'âmes semblables à celle qui habitait cette main muette, et que ces âmes pussent être éveillées, mises à la disposition d'un seul tout ! Que de forces sont négligées, brûlent d'être employées, brûlées, de vivre et de mourir en plein effort. Mais pourquoi à présent le brigand adresse-t-il à la bonne main cette petite tape de contentement ? Comme nous aimons tous jouer aux grands, aux protecteurs. Gens insensibles. Rien ne nous fait autant croire à notre efficacité qu'une certaine pauvreté d'esprit, de sensibilité. Peut-être avons-nous raison sur ce point. Quand on se maîtrise, c'est qu'on a déjà évacué ses sentiments. Se maîtriser, cela signifie justement dépasser le sentiment, qu'il faudra pourtant bien retrouver, qu'on veut retrouver. Et en ce sens la maîtrise serait instable. Et les serviteurs, ceux qui prennent les coups, seraient les plus forts, les mieux remplis d'eux-mêmes. Et les maîtres seraient les inquiets, ceux qui ont besoin d'aide. Quant aux souffrances, elles seraient de deux sortes, heureuses et malheureuses. Et dominer représenterait une tâche qui dépasserait leurs forces et ainsi les rendrait malades. Et peut-être un grand se trouverait-il soulagé de tomber à mes pieds. Oh, comme cela le faisait rire de penser cela. Il n'a pas tout son bon sens. Et pourtant, si seulement un de ces grands parvenait au moins à rire une bonne fois. Il y eut comme cela une fille de roi qui ne riait jamais. Elle avait l'air d'une pierre. Immuablement la même. Elle avait été éduquée à cela depuis sa jeunesse, à être immuablement la même. Quand elle voyait les autres soupirer, rire, s'amuser du monde, etc., cela provoquait en elle une angoisse inexplicable. Elle avait carrément peur d'elle-même. Elle mit alors une annonce disant que celui qui pourrait la faire rire un bon coup, elle le prendrait pour mari, et il se présenta. C'était un apprenti artisan et il avait l'air un peu bête. A peine l'avait-elle vu qu'elle ne put s'empêcher de rire aux éclats. Mais de là à devenir sa femme, il n'en était plus question. Sa fierté se cabrait haut à l'idée d'épouser un tailleur. Mais on le lui donna quand même et elle le prit. Ceci nous amène aux travaux manuels. Ce sera la matière du chapitre suivant. Comme mes mains et mes jambes tremblaient ce matin, rien que de songer que j'allais devoir lui présenter un mal élevé. Présenter à qui?

Avec la tranquille aisance d'un critique je poursuis mon compte rendu et te déclare sans ambages, chère Edith, que si tu n'es pas encore célèbre, tu le deviendras avec le temps, car à ton propos circulent dans les salons de capitales étrangères les histoires les plus élégantes. Réjouis-toi donc et ne fais pas « une tête » comme s'il ne faisait que pleuvoir depuis des semaines. Sans faillir à la politesse, toutefois, je veux à présent régler quelques petits comptes avec toi. Où peux-tu bien être, c'est une question qui nous dépasse. Ne pourrait-on presque dire que tes apparitions publiques se font un peu trop rares? La dernière fois qu'on te vit, c'était avec un chapeau noir orné de longs rubans dévalant sur ton dos merveilleux. Ne va pas te négliger. Ce que nous voudrions te faire savoir ici, c'est l'absolue prévention où nous sommes à ton égard. Avec le brigand, dont tu es l'aimée, il en va autrement. Il est sous notre protection, et c'est à notre demande qu'il nous raconte jusque dans le plus menu détail ce qui s'est passé entre lui et toi de romantique, etc. Il prétendit d'abord qu'il t'avait fait cadeau de diamants que de ton côté tu avais acceptés sans broncher. Par la suite il nous avoua qu'il avait un peu menti. Nous n'omîmes pas de l'en blâmer. A ce propos et selon toute apparence, tu ne connais pas l'île de Rügen dans la mer Baltique, que le brigand a mesurée de ses pas en long et en large. Il a voyagé dans le monde plus loin que toi qui n'es même pas allée jusqu'à Paris. L'avantage principal dont tu peux faire état est et demeure d'avoir été dans cette petite salle ce qu'on pouvait nommer la plus belle. Tout établissement de ce genre a chaque fois sa « plus belle ». Mais que dire de tes manières? Nous n'allons pas nous gêner devant toi. Nous sommes entourés de gens importants qui sont nos amis. Tu ne peux rien contre la direction des choses, qui est entre nos mains. Le brigand nous a assuré qu'il t'avait témoigné toutes sortes d'attentions. Nous le défendons dans la mesure où il nous paraît le mériter. Du reste n'aie absolument aucune peur de ce que nous disons. Une bonne moitié du monde, de celui en particulier qui s'intéresse à la littérature, est pénétrée de ton charme. Une foule de femmes déjà s'intéressent à toi. Elles sont toutes d'avis que le brigand t'a mal traitée. Mais moi, qui le surveille, je suis d'un autre avis. Il t'a aimée et t'aime encore aujourd'hui, comme nul ne pourra t'aimer ou ne t'a déjà aimée. Il te fit parvenir ensuite par une tierce personne des roses qui coûtaient douze francs et qu'il te plut de garder. Étrange conduite, cette façon d'accepter des dons sans juger digne d'un regard le donateur. Dis-nous, trésor, où as-tu appris ces manières ? Le brigand, il faut que tu le saches, c'est quelqu'un qui est allé un grand nombre de fois chez une institutrice qui, chaque fois qu'elle s'entretenait avec lui ou qu'il s'entretenait avec elle, posait un revolver chargé sur la table pour répondre à toute inconvenance par l'usage d'une arme. Il semble que tu ne t'en sois jamais doutée. Lorsqu'il recherchait tes faveurs, il recherchait dans le même temps les faveurs d'une autre qui dans une autre petite salle faisait aussi figure de la belle. En savais-tu quelque chose ? Nous te prions de ne pas essayer de punir l'auteur de ces lignes en prenant des airs, cela n'aurait aucun sens, cela ne ferait tout au plus que de te conférer une touche de provincialisme. Tu ne veux tout de même pas paraître à tout prix une provinciale à nos yeux de voyageur ? Nous te prions d'y songer. Au brigand, l'autre, celle dont il recherchait les faveurs, dit ceci : « Vous êtes vraiment trop gentil. » C'était une très aimable, une reconnaissante. Un jour, dans cette autre petite salle, il a mangé un poulet, arrosé de Dôle. Nous disons cela simplement parce que rien de plus important pour le moment ne nous vient à l'esprit. Une plume préfère écrire une chose incongrue plutôt que de se reposer ne fût-ce qu'un moment. Peut-être est-ce là un des secrets d'une écriture de qualité, c'est-à-dire qu'il faut toujours que quelque chose d'impulsif entre dans l'écriture. Si tu ne nous comprends pas très bien ici, c'est sans importance. L'autre un beau jour s'en alla, plus précisément elle déménagea dans une autre ville. En ce qui concerne la fidélité, l'infidélité, etc., il s'agit là de notions bourgeoises dont Amor se moque royalement. Tu nous feras le plaisir de comprendre cela. Tu avais en ce temps-là le plus charmant petit nez de toute la ville. Nous espérons que cette charmanterie-là t'est restée. Mais le plissement du front n'a jamais été ton fort. Le brigand nous a dit que de ce point de vue tu laissais plutôt à désirer. Tu ne te donnais manifestement pas le mal nécessaire. Ne savais-tu pas assez que c'est un enfant, et en même temps quelqu'un qu'on persécute parce qu'il a jadis permis à un capitaine anglais de lui pincer la jambe ? Il était cinq heures du soir dans un corridor de château, et c'était en décembre, où le jour commence tôt à s'assombrir. Le brigand était en train d'allumer les lampes et pour ce faire était monté sur une chaise, en frac de surcroît, car il était domestique, bien que ce ne fût qu'en second. C'est alors que vint à pas rapides cet Anglais, qui se permit ce geste aimable, et le même jour, tous deux se retrouvaient dans la chambre du brigand au rez-de-chaussée, vite avant le souper, plus exactement le dîner, puisque le repas qu'on prend d'habitude à huit heures du soir s'appelle dîner. Et là, l'Anglais posa au brigand une question délicate, et nous, nous te demandons délicatement, Edith, si tu n'es pas tout près de croire que tu as été un peu lâche à l'égard du brigand. Il faut dire qu'il l'a certainement été aussi à ton égard. Pour quelle raison particulière, à propos, as-tu nettoyé un jour en ce temps-là tes chaussures de toile avec la serviette ? Qu'est-ce que ça pouvait bien vouloir signifier ? Dis-nous-le à l'occasion. Le brigand y a songé durant des jours, voire des semaines, sans être capable de trouver la réponse. Il lui est arrivé une fois de ramasser pour toi sur le sol des sous-tasses ou des petites assiettes et tu lui as dit d'une voix lasse et en français : « Merci. » Tu aimais d'une façon générale jouer à être lasse, tu te penchais comme un lys contre le pilier qui servait à soutenir le plafond, mais quant aux cent francs, tu ne les as jamais reçus. Si le brigand te les avait donnés, tu ne l'en aurais guère estimé, car les cent francs, disons-le, auraient été d'une nature complètement littéraire, académique. Il a en effet raconté un jour, dans un manuscrit, qu'il avait mis cent francs dans la petite main d'une serveuse, et depuis lors toutes les serveuses de cette ville ont attendu la remise de cet argent poétique. Mais le brigand n'est tout de même pas, il s'en faut encore de beaucoup, ce veau docile. Mais pourquoi après ce bouquet de roses n'as-tu pas échangé le moindre mot avec lui ? Ça lui a fait un choc énorme. Pendant longtemps il n'a pu bien dormir après cela, et il est si nécessaire aux enfants de jouir d'un bon sommeil. Ne voyais-tu pas comme en ta présence, à ta vue, qui le ravissait tant, tout ce qu'il avait d'enfantin se mettait à vivre, à sortir de lui ? Pourquoi ne lui donnais-tu pas au moins de temps en temps ta main, ou ne le prenais-tu par la sienne en lui disant : « Ne parle plus » ? Que t'aurait coûté cette simple mesure qui lui aurait suffi pour être tout à fait content de toi et de lui-même. De toi, il l'était déjà sans cela, mais non de lui. Tu dois donc admettre à ta charge que jamais ni d'aucune manière tu ne l'as compris. Tu t'es présentée une fois devant lui avec un chapeau vert, mais c'est bien tout ce que tu as fait pour lui, lui dont l'âme en fin de compte ne saurait se contenter de chapeaux verts pour être rassasiée. D'une façon générale tu étais très paresseuse. Le brigand t'imita et le devint pareillement. Il nous a dit qu'il t'estimait des millions de fois plus que les précédents objets de sa flamme. C'est à toi qu'il aurait peut-être dû dire cela, mais toi, tu n'avais toujours en tête que ces misérables stupides cent francs littéraires, et du coup tu voyais dans le brigand assis en face de toi non pas un homme mais un débiteur, un oisif. N'as-tu pas dit une fois en t'adressant à quelques messieurs de ton entourage : « Il est un peu lourd, quoi. » Mais en gros tu le tenais pour brave. Tu n'as pas honte de n'avoir su rien trouver d'autre en lui que ce petit bout d'honorabilité ? Il est quelque chose de bien plus précieux, bien plus original, plus riche que ce qu'on entend simplement par un honnête garçon ou un brave homme. Un soir il était en visite chez une personnalité d'un poids non négligeable, et cette personnalité dit entre autres choses dans la conversation : « Quand on ne s'épanouit pas sexuellement, l'esprit s'atrophie. » On assistait à une sorte de gâtisme, selon son expression. Possible aussi qu'il ait dit cela autrement. Mais pour le sens c'était cela. Pour en revenir à l'Anglais du château, qui vite avant qu'on ne passe à table pour le repas du soir parlait avec le brigand, il lui demanda : « Vous fréquentez les filles ? », à quoi le questionné répondit : « Non. — Quel est votre plaisir alors dans l'existence ? » Au lieu de lui dire comment il s'amusait ou comment il s'arrangeait pour se passer d'amusements, il se pencha vers la main de l'Anglais et la baisa. Appliquer à cet homme tout simplement, comme cela, par commodité, l'adjectif « brave », cela ne témoigne-t-il pas d'une forme de mépris dont on n'est pas soi-même conscient, à moins qu'il ne s'agisse d'une bouffée de bienveillance, mais cela ne témoigne pas en tout cas d'un intérêt bien profond. Le brigand lui-même, qui possède un cerveau plus fin que la moyenne, avait toujours ressenti ce qualificatif comme presque insultant, et nous devons lui donner absolument raison. Et pourquoi donc le persécuterait-on s'il n'était rien d'autre que brave ? Pourrais-tu l'expliquer ? Non, Dieu merci, il n'était pas toujours brave. Il devrait se sentir honteux s'il n'avait jamais été plus que cela. Comme si tu avais voulu l'étiqueter mitron ou tonnelier ou je ne sais quoi, voilà comme tu trouvais bon de le qualifier. Nous exigeons de toi que sur ce mot petit-bourgeois sorti de ta bouche tu t'expliques en bonne et due forme devant nous. Il se montrait très timide avec toi et c'est sans doute la raison pour laquelle tu le jugeais d'une façon terriblement superficielle. Du reste il est possible que ta conduite fût la bonne. Il nous avoua avec un accent très sincère qu'il te devait beaucoup. Il n'avait, disait-il, avant de t'avoir rencontrée, jamais connu les larmes, mais maintenant il savait ce qu'on ressent quand on pleure, la douleur de l'âme lui était apparue comme un paradis. Nous étions loin de comprendre ce qu'il voulait dire, mais lui-même devait bien savoir ce qu'il nous racontait, et son visage pendant ce temps avait un air de franchise qui ne pouvait tromper. Tu as donc bien été son ange, sans le savoir, mais c'est justement pour cela que tu l'étais. Un jour tu lui refusas quelque chose, ou plutôt tu le repoussas à l'occasion d'une demande, et là-dessus il prit la fuite mais il revint aussi. Cela n'aurait donc pas eu d'importance. Tu es donc bien l'aimée au-delà de toute parole, mais simplement tu ne l'as jamais compris, parce que l'importance qu'on nous donne nous dérange. Chacun de nous préfère être aimé au sens moyen. C'est le bien-être, qui nous plaît. Personne n'a envie d'être un saint pour l'autre, il faudrait être une statue autrement. Être un exemple, rien de plus ennuyeux, non? Voilà pourquoi, chère Edith, tu n'es rien de moins qu'une grande, grande pécheresse. Je trouverais très gentil de ta part que tu le comprennes, mais naturellement tu ne le comprendras jamais, pour la raison déjà que tu n'en as jamais le temps. Au demeurant, rassure-toi, le brigand a tout ce qu'il lui faut. Il m'a dit qu'il avait le sentiment d'avoir grâce à toi appris à marcher, une chose qu'il n'avait pas su encore bien faire auparavant. Nous trouvons ici une fois de plus une allusion à son côté enfantin. Il se rendit, au temps où tu repoussais sa requête, chez un écrivain qui avait une femme qu'on peut dire très intelligente, qui est pianiste et qui, alors que tous trois, l'écrivain, le brigand et la femme de l'écrivain, avaient pris place ensemble, débattant de toutes sortes de sujets intéressants, se leva de son siège, alla dans la chambre voisine, en ressortit immédiatement avec une pile de livres sur les bras et rejoignit les parleurs en s'écriant joyeusement : « Voici toutes les œuvres parues jusqu'ici de mon brave mari. » L'écrivain fixa pensivement le plancher, comme si tout un cortège de souvenirs resurgissait devant lui. Le brigand prit sur ses genoux l'opus de l'écrivain, en tourna des pages et dit : « Je suis ravi. » Moi aussi, je suis ravi, mais c'est à l'idée du chapitre qui va suivre.

Le charme du passé dans ces petites villes anciennes de la côte baltique, comme Ribnitz, par exemple, avec ses églises fines et ses aristocratiques couvents qui évoquent l'obéissance et une hautaine piété, et aussi ces lacs bordés de montagnes, en Styrie, que le brigand trouvait reproduits dans des journaux de mode et qui l'enthousiasmaient. Edith lui avait tenu une fois ce spirituel propos : « Oh, à Magglingen là-haut ça doit être beau et puis aussi au bord du lac de Bienne. » Les jeunes filles, et les belles en particulier, ont-elles l'obligation d'être pleines d'esprit ? Comme si ce n'était pas la charge exclusive du beau monde masculin, qui fait constamment preuve d'un zèle touchant au service de la culture ? Cette allusion à la station de Magglingen, située à mille mètres au-dessus du niveau de la mer, rappela au brigand le souvenir de Walther Rathenau qui lui avait dit un jour qu'il connaissait aussi Magglingen, et qu'il avait trouvé que c'était un peu calme là-haut. Quant à moi, j'ai rencontré à Magglingen un grand nombre d'officiers français en civil. C'était peu de temps avant que n'éclate notre grande guerre que nous avons encore en mémoire, et tous ces jeunes messieurs, qui étaient venus chercher le délassement là-haut dans ces alpages fleuris et l'avaient en effet trouvé, durent suivre après cela l'appel de leur nation. Des flots bleus du lac de Bienne surgit également, on y songe aussitôt, la célèbre île Saint-Pierre avec son cadre idyllique, réputée comme lieu de vacances. Je dis tout cela d'une façon bien prosaïque, mais peut-être y a-t-il justement dans cette sobre description un bout de poésie. J'adresse aux sains d'esprit l'appel suivant : ne lisez donc pas toujours et exclusivement ces livres sains, faites donc aussi connaissance avec la littérature dite malade, où vous pourriez peut-être puiser un essentiel réconfort. Les gens sains devraient constamment prendre des risques en quelque manière. A quoi bon sinon, tonnerre de Dieu à la fin, être sain ? Simplement pour qu'un beau jour la mort vous en sorte, de cette bonne santé ? Foutrement sinistre destin... Je sais aujourd'hui plus intensément que jamais que dans les cercles cultivés il y a beaucoup de petits-bourgeois, j'entends des froussards du point de vue moral et du point de vue esthétique. Or la frousse est quelque chose de malsain. Le brigand se trouva, un jour qu'il se baignait, à deux doigts de sa plus belle mort, par noyade. Au prix d'un valeureux effort avec les vagues, etc., il parvint en agile travailleur qu'il était à soustraire sa vie au pouvoir de l'humide, c'est-à-dire qu'il put regagner l'abri du sec. Mais il était presque à bout de souffle. Ô comme il remercia Dieu en silence. Un an plus tard il y eut cet apprenti de la laiterie qui se noya dans la même rivière. Le brigand sait donc par expérience ce qu'on ressent quand les ondines vous tirent par les pieds. Il connaît la force de l'eau qui emporte et il a senti à cette occasion la rude manière qu'a la mort de faire notre connaissance. Comme il a trimé, lutté pour sa vie, crié en silence, la gorge déjà presque étouffée, sans voix, glacé et bouillant, ça valait la peine d'être vu. Trois jeunes le virent, ils étaient pétrifiés, et après cela il a encore ri comme un fou, cet idiot. Mais il priait tout en riant, il exultait et se moquait dans le même temps. Une nuit il s'est improvisé danseur. Il dansait à petits pas sur le parapet d'un de nos ponts. Il dansait très bien, comme en se jouant, et les spectateurs témoins de son audace entrèrent en colère. Et c'est ce casse-cou qui tremblait devant le visage d'Edith. C'est à s'en arracher les dents, à mourir de rire. En présence d'Edith il lui arrivait de lire des feuilletons, en bon français des articles. Sa présence faisait que presque tous les éditoriaux lui paraissaient divins, et des étudiants chantaient des chansons et il était alors de temps à autre sous le charme d'un garçon culotté de bleu. Il jugeait permis, voire presque nécessaire, qu'autour de son Edith, qui lui était inaccessible ou peut-être dont il voulait lui-même qu'elle lui fût inaccessible, il y ait aussi des coups de cœur, des beautés secondaires pour ainsi dire, des choses de second ordre qui prêtent à rire doucement, afin qu'il ne devînt pas sentimental, ce qu'il eût dû trouver dégoûtant et qui l'eût été en effet. L'infidélité est du point de vue moral très supérieure à la fidélité sentimentale qui s'accroche, jusqu'au pire imbécile devrait bien s'en douter. Ah, quelle pitié de voir un enfant hier, qui criait et ne voulait pas obéir. Pour se venger du refus de céder, il faut bien pleurer et brailler. Il braillait à faire pitié, le gentil petit enfant. Pour la maman ce n'était pas un enfant gentil, un méchant bien plutôt, parce qu'il ne voulait pas écouter, parce qu'il n'était pas heureux chez sa maman. Une maman exige toujours qu'un enfant soit aux anges d'être chez elle. Comme il se défendait de toutes ses petites forces contre sa puissante maman. On aurait dit d'un combat et naturellement l'enfant fut facilement vaincu. La maman le tira après elle, que cela lui plaise ou non. Les yeux de l'enfant étaient inondés des larmes du désespoir, mais la bonne maman n'y prêtait aucune attention. Une maman comme cela ne peut qu'avoir l'avantage, c'est évident. « Mais laisse-moi aller chez papa », suppliait le sot enfant, qui était un sot enfant parce qu'il priait et suppliait aussi sottement. Les supplications ne faisaient qu'indigner la maman, car entre papa et maman, c'est bien connu, il y a toujours une sorte d'envie, une sorte de jalousie en tout ce qui touche les façons d'être avec l'enfant. Une maman naturellement n'aime pas entendre que l'enfant veut aller chez papa, que l'enfant dise en somme à la maman qu'il aimerait beaucoup mieux être chez papa. Ah, comme il pleurait, et comme la maman à la vue de ces pleurs non dissimulés, cette souffrance de ne pas pouvoir aller chez papa, était offensée, et comme cette maman offensée me faisait rire. Mon rire était une insolence, presque aussi peu convenable que les pleurs de l'enfant, je veux dire ses braillements et sa résistance. Et la maman me jeta un regard mauvais et il fallut encore que je rie spécialement de cette lueur mauvaise dans les yeux de maman, que je rie aux éclats en pensant à tous les ennuis qu'un enfant comme cela peut créer à sa maman. Et maintenant j'en viens à parler des travaux manuels et je dis la chose suivante. Chez les écrivains parler représente un travail, mais chez les travailleurs manuels parler, c'est bavarder, par conséquent une façon de se mettre en congé, comme on voit par exemple aussi chez les bonnes et les ménagères quand elles se rencontrent sur le palier. Devrais-je être le seul dans ce pays qui soit incapable d'être méchant? Dans ce cas je serais le roi Jobard dit le Bon, mais j'y renonce volontiers. Il est clair que sans un petit peu de méchanceté, il n'y a pas d'intelligence du tout. Ceux qui ne sont que bons passeront pour fades. Pardonnez-moi et ne vous privez pas cependant de m'en vouloir à jamais pour cette remarque et croyez-m'en : il n'y a rien de plus fier qu'un maître d'école qui n'a plus envie d'être maître d'école parce qu'il se croit destiné à être quelque chose de mieux. J'en connais un comme cela qui ne me regarde plus depuis qu'il n'enseigne plus aux enfants, depuis qu'il est devenu gentilhomme, qui ne se sent plus quand il accompagne un monsieur qui sort avec une dame. Les gens cultivés sont dix fois plus prompts à tenir quelqu'un pour cultivé que les gens incultes, parce que les incultes cultivent leurs préjugés. Hein, Messieurs, qu'est-ce qu'on vous met ici ! Et un oiseau indigène est toujours beaucoup moins considéré qu'un oiseau exotique par les oiseaux indigènes. Chez les oiseaux exotiques, en revanche, l'oiseau indigène a droit à la parole, parce qu'il est exotique pour les exotiques. Vive l'exotisme donc et non pas les bonnes relations, soyons les inconnus et non pas ceux qu'on-connaît-bien-depuis-longtemps. J'ai honte de ces phrases intelligentes. Je me reproche ma sagacité. Comme c'est vilain de ma part de me mettre ainsi sur la défensive. Mais c'est si terriblement naturel de se défendre. Tout le monde le fait. Et celui qui ne le fait pas s'attire tout simplement la haine générale. Ouais, l'amour ! Les méchancetés font qu'on vous aime, les sentiments amoureux, qu'on vous hait. Mais comme c'était merveilleux, en ce cher et doux hiver, de jouer comme un petit garçon avec ce cher petit garçon aux boules de neige sous les yeux de ses parents. On n'oublie jamais ces petites choses. Et cette nuit-là il eut de ses nouvelles à elle. Je dois toujours prendre garde de me confondre avec lui. Je ne veux rien avoir de commun avec un brigand, est-ce assez clair ? Il entendra encore parler de moi, celui-là. Quand est-ce que le paysage si chaleureux de notre région lui parut l'embrasser le plus fort ? Lorsqu'il se promenait avec l'exclue. Vous voyez ? Et j'aurais le droit de me confondre avec un type pareil ? Ce serait le comble. Il passait au milieu des gens bien avec cette « amie ». Il lui fit cadeau une fois d'une demi-livre de salami. Elle était horrible à voir, et chaque fois qu'elle le regardait, elle disait si naturellement : « Toi ! » Il la pria plus de vingt fois d'y renoncer. Mais elle ne comprenait pas pourquoi. La malheureuse ne lui racontait naturellement que des histoires érotiques, des sottises, pour tout dire. Elle savait tout ce qu'on peut imaginer des choses dont on ne parle pas, et elle les lui déballait, et pendant qu'elle lui racontait ce qu'on ne doit pas savoir, puisqu'on doit faire tout son possible afin de le garder pour soi, il ressentait toute la beauté de nos environs comme jamais, et les nuits ressemblaient à de grandes halles étoilées d'idéalisme et de la joie du sacrifice, et les gens marchaient d'un pas tranquille comme si tous chantaient, et tout ce qu'il y a de bon et de fin prenait le visage de cette innocente promenade, et les histoires que l'évadée racontait au brigand le faisaient rire, et quand nous rions nous sommes bons et nous aimons le beau et nous adorons la nécessité et nous nous soumettons comme si nous étions victorieux, et victorieux nous le sommes, et secourables, et la nuit n'est plus sombre, elle est pareille à la chevelure d'une dormeuse, qui n'est plus en vie mais qui reviendra à la vie, qui ne sait pas comment elle respire, et qui est comme un peuple où des forces sommeillent et qui ne sait pas tout sur lui-même et qui peut travailler parce qu'il a encore des illusions, et qui est heureux, parce qu'il n'en fait pas trop et qu'il se permet le luxe d'avoir du cœur. Et maintenant je n'ai donc plus le droit d'aller chez cette princesse, et pourquoi cela ? Puis-je vous le dire ? Ce n'est pas une princesse naturellement, c'est simplement une de mes connaissances. L'affaire est qu'en sa présence j'avais versé une toute petite, presque invisible, fine et belle à ravir, une larme donc, à cause d'une autre. Elle perçut cette discrète insolence. « Fourbe », dit-elle simplement, et elle me regarda d'un air que je ne peux décrire. Je parle à présent de ce qui pourrait bien être une dépravation. Les dépravations sont appréciées en général. Et ensuite je veux que ce brigand aille enfin chez un médecin. J'en ai définitivement assez de le voir se dérober à tout examen. Si je ne trouve pas de parti convenable pour lui, je veux qu'il retourne au bureau. Cela au moins, c'est clair. Pauvre garçon. Mais c'est bien fait pour lui. Ou alors on le fourrera chez un paysan. Du reste, ce ne sont là bien entendu que des phrases pour le moment.

Cela fait bien douze fois, cent fois, que je parcours les arcades, ou plus précisément que je passe en dessous. On doit toujours nuancer un peu ce qu'on dit. De nos jours nous ne supportons plus l'expression à l'état brut. Il y en a qui sont déjà passés huit mille fois sous ces mêmes arcades. On s'étonne quand on y songe. Ce jour-là était une merveille de merveilleux dimanche, alors que le brigand suivait un chemin sous les poiriers, longeant les vagues d'un champ de blé et pensant à Edith qu'il avait perdue. Il ne l'en tenait naturellement pas pour responsable, pas le moins du monde, et pourtant! Mais nous préférons ne rien dire. Ou plutôt nous préférons le dire plus tard. Donc avec dans la poitrine la balle de pistolet de son amour pour cette fille aux yeux d'or, notre bonne âme de brigand s'éloignait toujours davantage de la ville où vivait celle à laquelle il était soumis. On aurait quelque raison de la nommer une « maîtresse impitoyable », pour parler dans le style du temps passé. Mais parlons plutôt dans le style du temps présent. Des chiens se promenaient aux côtés de leurs maîtres, et tous les arbres se tenaient immobiles et silencieux, et les petits oiseaux attendaient leur ami le soir pour jubiler dans sa fraîcheur. Jusqu'alors le soleil continuerait de briller, comme il faisait avec tant d'éclat à travers l'allée, et le brigand nous permettra de dire qu'il contemplait à ce moment des pieds de pommes de terre qui s'étendaient sur tout un champ. Au bout d'un moment quelque chose se mit à se plaindre en lui, de sorte qu'il se vit contraint de soupirer. Dans le temps cela ne lui serait jamais arrivé. Est-ce à dire que son âme avait crû en beauté ? Nous voulons lui faire ce crédit. Et dans la même minute la belle et chère et fière Edith pensait peut-être à lui. Peut-être avec un sourire moqueur. Il n'avait d'autre parti que de la laisser sourire, bien que la cruauté de cette pensée le jetât presque à terre. Nous pouvons dire que son âme exhalait l'amour comme un buisson l'arôme de ses fleurs. Et le parfum de ses sentiments l'étourdissait. Quelle rondeur, quelle gaieté n'y avait-il pas à cet instant dans les arbres qu'on voyait frémissant à peine, rêveurs, et une sonnerie de cloches faisait trembler l'air sur son passage, le remplissait de ciel, porteuse du nom d'Edith et comme venue de toutes les églises du monde. Oh comme ces sons lui fendaient le cœur, un cœur ému déjà bien assez. Le chemin était rocailleux à présent. Brusquement du bleu profond du ciel une averse s'abattit sur la tête de l'amoureux, et en cinq minutes le brigand tout entier fut trempé. L'eau lui dégoulinait de partout. Mais bientôt après, le plus beau des beaux temps réapparut, on peut dire qu'il faisait encore plus beau qu'avant. Un carrousel rutilant l'invita à faire un tour de manège, et sa façon d'être assis dans la chaise tapissée de velours, assis ou plutôt étendu de tout son long, était celle d'une nonne composant des cantiques, laissant venir à elle toutes les souffrances et tout le malheur de la terre, et tout ce qu'elle a de beau, de douloureux et de suave. Des garçons et des filles entouraient le carrousel qui était d'or égayé de fleurs de pommiers, temple du plaisir, et sur tout l'horizon dansait en souriant un paysage vert. Le brigand sortit son cœur, l'examina, le remit sous clé et continua sa promenade, vers la vallée à présent, où il y avait un château au milieu d'un parc et une fontaine au milieu d'un étang, où vagabondaient des truites, dont les taches rougeâtres avaient le sourire de jeunes filles fiévreuses, et il entra dans le château et se fit montrer une salle qui donnait à penser, en raison des traces de sang qui après des siècles étaient encore visibles sur le parquet lisse. Il demanda ce qu'elles signifiaient et on lui raconta volontiers tout ce qui concourait à leur explication. Le château était le plus beau, le plus grand de toute la région, et là-dessus notre pacifique ami reprit la route, et les fleurs parmi l'herbe devinrent tout à coup énormes comme les arbres d'une forêt vierge mythique, mais elles revinrent ensuite à leur forme accoutumée. D'un coin d'ombre sortirent trois jeunes filles qui chantaient un chant où il était question de fierté et d'humilité, d'ironie et des caprices du destin, un chant d'amour magnifique que reprenait le chœur des plantes, plantureusement, de sorte qu'il poussait, qu'il montait jusqu'au ciel et charmait l'oreille du brigand tant par la grâce de sa musique que par celle de ses paroles. Il s'approcha des jeunes filles, tira son chapeau et les remercia, et il continua à marcher; de tous côtés, par tous les chemins, venaient des promeneurs, et dans la rivière d'un vert fluide et paresseux se baignaient des hommes dont les corps luisaient, et des hirondelles voletaient autour d'un vieux pont couvert, et dans le jardin d'une auberge on jouait du théâtre. Le brigand regarda la pièce durant un moment, mangea une portion de jambon, échangea quelques mots avec une fille et revint dans la ville où il resta une heure durant devant la maison où il avait parlé avec Edith quand elle y était encore. Il n'osa pas entrer parce qu'il craignait de l'y trouver et deuxièmement parce qu'il craignait au contraire qu'elle n'y fût pas. Des gens descendaient du tram, d'autres y grimpaient, un bond en haut un bond dedans. Certains étaient assis sur des bancs, d'autres se promenaient dans les deux sens. « Oh, où es-tu ? » demandait-il. Il se prit littéralement d'affection pour cette question, et tout à coup il se souvint d'une chose drôle. Il s'était rendu un soir à une soirée mondaine, presque comme un professeur qui ne trouvait toujours pas le truc ou qui avait trop le trac pour se marier comme il se doit. Il fallait, dans l'idée qu'il s'en était toujours faite, qu'il fût si convenable, ce mariage qui était le sien. Or était assise là sur un canapé une appropriée. En homme sensible il vit cela tout de suite. L'appropriée était donc assise là, montrant à la fois la timidité requise et de l'entrain. Elle pensait : « Est-ce pour ce coup-ci ? » Et naturellement cette question lui faisait en même temps un peu peur. De même que pour le brigand elle faisait figure d'appropriée, le brigand de son côté se présentait et se comportait devant elle comme tout aussi approprié et accordé, c'est-à-dire bloqué au départ. Les deux appropriés faisaient des manières et des mines, sentant bien que toute l'assistance les considérait comme deux qui faisaient parfaitement la paire. Et ils n'avaient plus à présent qu'à faire une bonne fois connaissance, une chose que malheureusement ils n'avaient pour l'instant aucune envie de faire, de sorte que les instigateurs de leur union, les organisateurs du comité de liaison, les regardèrent avec pitié. On plaignit énormément le brigand en particulier. Il fit comme s'il ne comprenait pas. N'était-ce pas de l'insolence ? Dire qu'on les avait si joliment recrutés tous les deux dans le même cercle afin que le petit marché fût conclu aussi vite que possible. A vrai dire, celle dont on trouvait qu'elle lui allait bien n'était pas jolie. C'est du reste pour cela qu'on avait trouvé qu'elle lui allait bien. Et cet âne de brigand ne voyait pas cela, ou est-ce qu'il ne le voyait que trop bien ? Elle lui paraissait même très coupée au carré, celle qu'on avait eu l'extrême amabilité de trouver lui convenir. Peut-être se rendait-elle compte elle-même de ce qu'il y avait d'inconvenant dans tout ce convenable. Elle regardait le sol d'un air perplexe. « Il n'a pas voulu mordre, c'est une muflerie à notre égard », dirent les gens de la soirée mondaine après son départ. En sa présence ils faisaient comme s'ils étaient ravis de sa conduite. Et maintenant ils le critiquaient à cœur joie. Il avait poliment raccompagné l'appropriée chez elle, mais même pendant la route elle n'arrivait toujours pas à lui convenir. Pendant qu'ils marchaient, elle parla heureusement, c'était au moins cela, de Rilke, mais son savoir sur Rilke ne l'appropria pas davantage. Aïe, aïe, aïe !

Les cygnes dans cet étang d'un château, la façade Renaissance. Où ai-je vu cela ? Plutôt, où le brigand a-t-il vu cela ? Le long des troncs de vieux arbres montaient des escaliers. Des buveurs de thé par salons entiers pouvaient y grimper et tenir cercle sous un plafond vert. Et cette auberge isolée sur une hauteur, ces bois de bouleaux, ou de je ne sais quelle autre espèce d'arbres. Et la villa sur la colline, la maison et le petit mur, et derrière les carreaux de sa fenêtre, montrant une mine sérieuse aux arrivants, la dame fière. La fierté est souvent notre dernier refuge, mais nous ne devrions pas fuir dans ce refuge-là. Nous devons sortir de notre fierté, qui n'est qu'une cage, et parler avec les plus humbles, et ainsi nous délivrer. Les délivrances sont pourtant si merveilleusement proches de nous à tout instant. Nous ne voulons simplement pas les apercevoir. Oh si nous apercevions toujours, toujours, ce qui peut nous fortifier. « Idiot », siffla-t-elle à la tête du brigand, et celle qui sifflait ainsi était malade de fierté, et belle à mourir en disant cela. Et cette fontaine des bienfaitrices bien au milieu de notre ville si riche en exemples de sculpture. Mais quand était-ce donc, la fois où ce monsieur me fit une brève visite pour me dire des choses remontantes? Il savait peut-être combien le brigand était jeune en ce temps-là. Voilà revenu tout à coup ce sot brigand, et moi qui disparais devant lui. Soit, soit, continuons. Et ce malade prêt à travailler avec joie des soirées entières si son état le permettait. On m'a dit qu'il avait une foule de commandes flatteuses qu'à présent il ne pouvait pas satisfaire. C'est seulement à partir du moment où les gens sont morts ou paralysés que le monde vient les voir avec des vœux, des cérémonies, des honneurs, etc., quand il est trop tard. On en veut aux bien-portants parce qu'ils sont bien-portants. Les gais irritent par leur gaieté. Et les gens ne le font pas exprès, mais qu'ils le fassent instinctivement, c'est peut-être ça la chose vraiment, vraiment triste, la chose sans espoir. Bon, pas trop de philosophie, s'il vous plaît, merci. Un jour donc, un monsieur faisant partie des cercles de l'intelligence vint chez le brigand. « Votre domestique Julius, dit le monsieur en entrant dans le débarras du brigand, ou dans sa caverne, m'a fait savoir que vous étiez disposé une ou deux fois par an à recevoir les gens d'un certain niveau. Il faut que ce soit une personnalité de premier ordre, me suis-je dit, et j'ai voulu tenter de m'introduire jusque chez vous, avec succès, comme nous voyons maintenant, et naturellement je me réjouis de la vue si rare dont votre présence veut bien m'honorer. Vous êtes certainement à tout point de vue l'homme qui monte. — Mais veuillez donc sur ce lit qui n'est pas encore fait prendre commodément place, dit avec beaucoup de gentillesse celui qui ne possédait aucun domestique mais avait plutôt simplement fait comme s'il en avait un. Mon Julius est momentanément absent. » Le monsieur fit « hum » et resta très sérieux, puis ils parlèrent ensemble des possibilités d'un renouveau moral et commercial. La conversation prit le tour souhaité. « Bien que votre domesticité me semble un peu sujette à question, ce que vous voudrez bien excuser, j'emporte de vos appartements la très agréable conviction qu'il y a dans l'atmosphère qui vous entoure quelque chose d'assez inébranlable », dit le monsieur en prenant congé, et le brigand, avec tous ses Augustes et ses Julius en arrière-plan, le remercia des plaisirs que lui avait procurés sa visite, en ajoutant : « Chez moi ça n'a pas besoin d'aller mieux car ça va toujours bien. » Le monsieur jeta un regard sur son habit et un sourire passa sur son visage, qui n'en garda pas moins les traits de la politesse. Et maintenant nous aurions à parler d'une femme d'un charme peu commun, qui faisait partie des gens que connaissait le brigand. Cette femme avait été, jeune fille, l'incarnation même de la rêveuse et capricieuse nature de son peuple, tout enluminée du reflet des belles traditions populaires, d'une pureté originelle comme on voit peu. Tout le monde, hommes et femmes, avait aussitôt pour elle une formidable affection. Elle avait ainsi à chaque doigt une douzaine de sympathies plus ou moins durables, dont on lui avait fait cadeau. Tous se retournaient sur elle, quand elle passait vite comme cela dans la rue. Elle vivait dans une petite chambre et s'y sentait comme une princesse. Elle aurait pu prendre ses repas tous les jours chez les autres, et même y demeurer, mais elle trouvait plus beau de se faire rare, et faisait preuve dans ce choix de beaucoup de tact et d'un sens instinctif des choses nettes. C'est alors qu'elle fit la connaissance d'un monsieur qui était très cultivé, vous savez, très au fait, et qui l'aimait pour ces qualités originelles encore très sensibles chez elle, et il l'épousa. Mais elle s'était fait une tout autre idée des gens qu'il fréquentait, de sa profession, de sa vie de tous les jours. Il ne l'avait pas précisément instruite du monde dans lequel il vivait, et à présent des centaines d'occasions lui faisaient éprouver de l'aversion pour la façon de vivre de son mari, pour ses opinions, pour ses relations; elle était même si déçue qu'elle en vint à mépriser le lit d'apparat qu'il lui avait aménagé avec le meilleur goût. Elle avait grandi, on peut le dire, dans un romantisme de garde-forestier, et voilà qu'à présent tout ce qui l'entourait était si raisonnable, si bien éclairé, si bien calculé. Elle lutta contre le monde, en vain naturellement, mais cette lutte vaine à la fin l'épuisa et la rendit faible. Qu'on se représente un combat comme celui-là, contre la culture et contre la science. C'est qu'il en savait terriblement beaucoup, lui, et qu'elle était loin, bien loin de désirer tout savoir. Comme elle s'était sentie riche dans l'ignorance. Et maintenant, avec toutes ses finesses et ses explications savantes, son mari la rendait complètement malade. Mais petit à petit elle s'y habitua, et elle n'a sûrement pas l'idée aujourd'hui de prétendre qu'elle n'ait pas été heureuse. Elle le fut en effet, mais non sans l'avoir payé d'un grand effort à l'intérieur d'elle-même, mais ce sont justement nos privations, nos renoncements volontaires, nos combats avec nous-mêmes qui font grandir nos satisfactions. Cette femme avait eu la tâche difficile de passer d'une façon d'être, d'un genre de foyer, à une tout autre façon d'être et un tout autre genre de foyer, comme on change de train pour ainsi dire. Elle avait vécu d'un wagon dans l'autre une sorte de déménagement de son âme, de ses idées. Mais un mariage facile n'est jamais si beau qu'un mariage difficile. Comme un poète dit si bien, à cœur lourd pensers légers. Cette femme montrait d'autant plus d'assurance dans son entourage qu'elle s'y sentait toujours un peu étrangère, qu'elle y tremblait pour ainsi dire toujours un peu, qu'elle ne s'y sentait jamais tout à fait bien. Nos certitudes ne doivent pas devenir inflexibles, elles cassent sinon. L'allure, le tact à l'égard du monde, pour être vraiment sûrs ont constamment besoin d'un rien de chancelant, d'élastique. Rien n'empêche, et même il faut, que le sol sous nos pas se lève et s'abaisse, et le chemin de la perfection exige pour être suivi le sentiment permanent que nous n'en avons pas fini avec nous-mêmes et que nous n'en aurons sans doute jamais fini. Et puis il y a ceci : sur nos propres terres, dans notre propre maison, il nous est plus difficile de nous épanouir. Là où l'on pense généralement que nous n'avons pas notre place, il se pourrait fort bien que nous l'ayons quand même, et justement parce que nous n'y avons pas grandi. Cette jeune fille éprouva ce qu'est le mouvement, la transplantation, l'ennoblissement, le travail sur soi. Elle dut comprendre peu à peu la nécessité de montrer ce qu'elle valait. Oui, oui, les peuples ont encore en eux plus de valeur qu'on n'en peut mesurer.

Il y a des gens qui se plaignent de la grossièreté de leurs semblables. Mais au fond ils ne souhaitent nullement que nous n'ayons plus cette grossièreté. Ce à quoi ils tiennent, c'est de pouvoir se plaindre, accuser, être mécontent. Pour ma part je préfère être carrément un grossier personnage plutôt qu'un plaignant. Les plus grossiers sont tout aussi bien les plus fins, bien souvent. Les plaignants sentent cela et ne pardonnent pas aux grossiers le solide emballage qui protège le trésor de leur délicatesse. Les raffinés recouvrent leurs grossièretés d'une couche de finesse. L'habit des grossiers se laisse moins facilement transpercer, il est mieux cousu, il tient plus longtemps, mais finalement cela revient au même, et il est peut-être permis de se dire qu'en fait de grossièreté et de finesse, éducation et milieu mis à part, nous nous ressemblons diablement. Mais il faut d'abord avoir fait pour cela l'expérience de la dispute, cela me semble être le point essentiel dans cette histoire de grossièreté et de finesse. Le brigand aimait bien les gens grossiers. Les finesses le poussaient aux grossièretés et à l'égard des grossiers il savait être charmant, conventionnel et à l'aise, et par conséquent très fin. Il avait le don de s'adapter et un certain besoin d'équilibre qui tenait à sa nature. Avait-il affaire à un délicat, il sentait aussitôt qu'il n'avait pas de surcroît à l'être lui-même, sans quoi ce serait vraiment trop pareil. On croirait bien que je dis une vérité très délicate si je dis que les fins faisaient de lui un guerrier et les grossiers un pasteur ou que les grossiers éveillaient en lui un côté fille et les fins un côté garçon, ou prenant des allures de garçon. On voit tout ce que cela évoque de romantique, de manteaux et de manchettes, de promesses, pourrait-on croire. Mais que lui avait donc dit un jour, c'était en hiver et dehors il neigeait, une femme? « N'êtes-vous pas à la fin presque trop gentil avec tous ces gens qui profitent des choses simples qui habitent en vous pour en jouer sans trop de scrupules peut-être, et vous ne vous dites jamais que vous pourriez avoir mieux à faire que de sombrer dans les eaux de la gentillesse ? Apparemment vous aimez cela, vous baigner dans le bain de la politesse, mais ce plaisir ne pourrait-il pas à la fin vous briser en mille morceaux ? Avec moi aussi vous avez tout de suite fait étalage d'amabilité, et cependant on se dit que vous n'avez peut-être pas la force d'âme nécessaire pour résister à la tentation de caresser pour ainsi dire les gens, comme si vous les teniez tous, moi y compris, pour une espèce de petits chats qui n'attendent que cela, qu'on les touche avec précaution, qu'on leur flatte doucement le poil. Vous venez comme cela vers moi, qui vous suis tout à fait étrangère en fait, et vous me donnez la main non pas précisément comme à un camarade mais plutôt comme un fils attentionné à sa mère, ou presque, et vous faites la même chose avec d'autres. Quant aux enfants de jolies mères élégamment vêtues, qui ont les yeux bleus bien qu'elles soient françaises, vous êtes à leur service comme le serait un domestique. N'est-ce pas là vous perdre, vous gaspiller ? On dirait que vous n'avez plus rien qui vous revienne. Arrive-t-il qu'un de ces enfants, qui du point de vue social n'ont aucune importance finalement, laisse tomber quelque chose par terre, vous voilà abandonnant précipitamment votre place et la conversation dans laquelle vous étiez plongé peu importe avec qui, pour ramasser l'objet d'un geste dont la promptitude nous sidère, nous qui en sommes témoin. On se dit qu'il est tout à fait impossible, quand on vous voit à travers la lunette d'un comportement semblable, de porter sur vous un jugement sûr. Personne ne sait qui vous êtes au fond. Ne savez-vous donc toujours pas vous-même ce que vous voulez dans la vie, pourquoi vous êtes là? Et beaucoup vous en veulent de n'en vouloir à personne, ou du moins jamais autrement que d'une façon beaucoup trop passagère. Qu'y a-t-il donc en vous pour que vous puissiez encore vous supporter? En un mot et pour tout dire, êtes-vous un être humain? L'air que vous respirez n'a semble-t-il absolument rien de bourgeois et l'on soupçonne en vous quand on a l'honneur de vous rencontrer une nature d'aventurier, mais même là, il arrive que vous nous déceviez. Des femmes très sensées perdent, quand elles pensent à vous, leur provision et leur niveau de bon sens, à force de s'échauffer sur votre cas. Ne serait-il pas temps que vous deveniez un peu mieux reconnaissable? Il manque une étiquette à votre personnage, un cachet, à la vie que vous menez. La façon dont vous vous êtes précipité vers ce petit enfant touchant d'insignifiance, comme je vous ai vu faire, m'a causé une véritable gêne, j'ai eu tout simplement honte pour vous, pour votre manière d'être heureux sans rien dans la tête, de trouver plaisir, sans la moindre, mais vraiment la moindre, trace de fierté, à votre absurde manie de servir. Servir, c'est simplement une façon chez vous de faire intelligemment la bête et bêtement l'intelligent. Comme vous m'avez donné la main, là, tout de suite, cela entre aussi dans cette catégorie. Est-ce que cela vous fait mal de ne pas être gentil? Si c'est le cas, vous devriez commencer à vous poser des questions. Un homme aussi cultivé que vous le paraissez! Je crois sans hésiter à votre force créatrice, et elle n'aurait d'autre emploi que de ramasser, sur le plancher de tous les objets tombés, de toutes les détresses, de tous les bobos, seulement une petite trompette ou un petit morceau de chocolat ou une niaiserie quelconque empruntée au rayon des enfants? Mais sortez donc dans le monde. Peut-être y rencontrerez-vous le travail, car enfin c'est cela que vous voulez et rien d'autre, travailler, il n'y a que cela qui compte pour vous, quelqu'un qui sait lire dans un visage, comme moi, le voit immédiatement, et vous savez bien vous-même que je vous connais. C'est bien aussi pourquoi vous me donniez votre main avec tant de simplicité tout à l'heure. » Le brigand dit seulement : « Toutes vos paroles éveillent en moi un écho, mais voyez-vous je tiens aux gens... — Qu'est-ce que vous voulez dire par là? » interrompit-elle le discours qu'il aurait tenu si elle ne lui en avait épargné le filandreux débit. Ainsi donc il neigeait dehors ce jour-là sur les gens, sur les charrettes, sur les chevaux, sur les légumes, sur ceux qui se dépêchaient, sur ceux qui attendaient, sur la petite Wanda entre autres, et il avait après cela encore dit : « On est peut-être très utile en étant inutile, chère Madame, car enfin on a connu toutes sortes de choses utiles qui étaient nuisibles, non ? Et on ne déteste pas rester désiré, attendu. — Cela pourrait devenir monotone pour vous. — Je le supporterais. Partout où il a quelque chose à supporter je vois de petites étoiles. En attendant, j'estime avoir montré un talent énorme dans les moyens que j'ai su trouver pour me distraire. Vous me blâmez. — Qu'est-ce que vous dites là ? Pas du tout. — Alors vous avez certainement un beau caractère. Est-ce que les gens sont heureux chez vous ? » A cette question elle ne répondit pas. Le brigand la tenait pour une grande dame de la scène, mais reconnaissait qu'il pouvait se tromper. Elle avait l'air d'avoir beaucoup de substance.

Je ne sais plus à quel moment de la journée c'était, ni l'humeur qui régnait alors, quand le brigand descendait un escalier qui était muni d'un toit. Les pas étaient ailés et le son qu'ils produisaient sur les marches en bois était pour ainsi dire creux, bien que nous doutions que ce soit le mot juste, mais cela ne nous empêche pas de dire qu'il venait à l'instant de faire cadeau à une femme habillée en noir d'œillets, parce qu'elle était entrée sous ses yeux chez un fleuriste. Le cadeau n'avait pas coûté bien cher. Ses jambes le portaient d'autant mieux. Il avait d'excellentes jambes et c'est sur ces fameuses jambes qu'il entrait à présent dans le bâtiment d'une école pour se présenter au bureau de vote en tant que membre de la commission de contrôle du scrutin et remplir son devoir qui prit deux heures. Un électeur entrait après l'autre dans la pièce, soigneusement, si l'on peut dire, déposait son bulletin dans l'urne, adressait un mot ou l'autre au président de la commission pour ensuite se retirer. Tout cela n'était pas très difficile à suivre et, après qu'on lui eut donné congé, le brigand se rendit sur un pont. Nous en avons plusieurs ici, et il demanda ensuite à un agent la permission, comme il se trouvait dans un bosquet qui formait une sorte de parc naturel pour le public, d'y gambader librement. « A la condition que vous n'y alliez pas trop fort, mais que vous y mettiez de la modération, il n'y a rien à objecter à votre souhait », lui fut-il répondu, et c'est ainsi que le brigand se mit à sauter par-dessus les dossiers des bancs, par exemple, afin de récréer et de fortifier ses membres. Surplombé de verdure qui retombait sur lui, il y avait un vieux blason de pierre. Et plus au fond sur la colline s'étendait un quartier de villas avec des rues droites. Là habitait une femme riche, dont le brigand avait entendu dire qu'elle était désagréable avec tous ses domestiques, mais cela s'expliquait par le fait qu'elle avait un mari qui employait ses forces à l'étranger, c'est-à-dire les dépensait entièrement sans se demander de quoi il aurait l'air plus tard devant sa femme. Cette belle et bonne femme avait pris à cause des indisponibilités de son excellent mari un pli amer autour de la bouche, qui du reste allait joliment bien avec son visage. Peut-être se prenait-elle trop au tragique... C'est le cas de beaucoup de gens qui, lorsqu'ils se voient de mauvaise humeur, se laissent aller, à cause de ce petit bout de mauvaise humeur, à une humeur toujours pire, comme s'ils étaient dans une voiture se déplaçant en même temps qu'eux. On ne doit pas se trouver si odieux simplement parce qu'une fois ou l'autre on n'est pas précisément en forme. On n'a pas besoin de tout de suite se haïr, parce qu'on a peut-être eu un moment l'envie de haïr. Cela arrive malheureusement, et c'est très bête. On doit donc essayer de trouver qu'il y a du mal en soi dans la méchanceté, mais que par elle-même elle est belle, et c'est bien en effet quelque chose de beau, de bien plus beau que tous ces visages fadement aimables qui se font photographier, qui n'ont aucune valeur, qui témoignent plutôt d'un manque d'existence. Bordant ce quartier de villas, on trouve encore un reste de forêt, qui du reste n'a pas du tout l'air d'un reste mais compte pas mal de fûts et de profondeur. Le brigand parvint alors devant une vieille maison qui n'était plus là, ou pour mieux dire, une vieille maison qu'à cause de sa vétusté on avait démolie et qui ne se trouvait plus là dans la mesure où elle avait cessé de se faire voir. Il parvint donc, pour dire grossièrement les choses, à un endroit où il y avait eu jadis une maison. Ces détours que je fais à présent ont pour but de remplir le temps, car je dois arriver à faire un livre d'un certain volume, sans quoi je serai méprisé plus profondément encore que je ne le suis. Cela ne peut pas durer comme cela. De bons vivants messieurs d'ici m'appellent un gamin idiot parce que les romans ne me tombent pas des poches. Un chemin le conduisit sur un autre et c'est ainsi qu'il passa devant l'Office de la Santé où un grand nombre de fonctionnaires au service de la santé de la population de notre pays lui consacrent scrupuleusement leurs plumes. Une ancienne caserne de dragons servait à présent de musée. En amont de ce bâtiment était l'Université, entourée de jardins qu'un oncle du brigand, qui avait vécu de longues années au bord du Mississippi et y était devenu paysagiste, avait dessinés. On y trouvait un pavillon dominant de haut la cime des arbres avec une vaste vue dans toutes les directions et un très joli coup d'œil vers le bas sur une église baroque, qui s'élevait tout près de la gare, grande, paisible, noble, bien faite, belle, délicate, puissante, accueillante et distante. Dans le hall de la gare s'assemblait toujours un public pittoresquement mêlé. Des trains roulaient vers la gare, d'autres la quittaient. Des cireurs de souliers ciraient des souliers que leur tendaient à cirer des gens qui trouvaient cela normal, des vendeurs de journaux vendaient des journaux, des portiers ne faisaient rien. Des voyageurs avec leur serviette dans la main se distinguaient des employés avec leur casquette d'employé sur la tête, des portières étaient arrachées et claquées, des billets demandés et vendus à des guichets, et des camelots et des filles mangeaient au buffet une assiette de soupe et le brigand paya là un jour une saucisse à un chômeur. Nous en reparlerons peut-être. Des hôtels touchaient de grands magasins, puis venait disons une librairie jointe à une maison d'édition qui faisait preuve de la plus grande prudence et de la plus grande réserve à l'égard de ses auteurs auxquels son chef déconseillait toute forme d'insistance, en disant : « Ça ira peut-être mieux plus tard. » Les auteurs ont pour habitude de témoigner aux éditeurs un respectueux mépris, mélange de sentiments qui est pleinement apprécié. Plus loin on trouvait, par exemple, des magasins d'appareils sanitaires et des vitrines avec des montagnes de bas de femmes, et puis il y avait aussi devant l'église une place dont la façade était légèrement ventrue, ce qui faisait du point de vue architectural un très bon effet. Les fenêtres du haut étaient un rien en retrait, celles du bas un peu avancées. Cela avait quelque chose de posé, d'assuré, de confortable. La maison ressemblait à un monsieur bien mis avec un peu d'embonpoint.

Puis il arriva dans une large allée dite Promenade des marronniers, où l'on pouvait « faire l'Altesse ». Le brigand entendait par là, sauter d'une pierre sur l'autre. Sur ces pierres reposaient les bancs qui servaient au repos de gens fatigués ou de femmes qui tricotaient, ou d'enfants qui faisaient de petits tas de sable, et des pigeons et d'autres oiseaux plus petits picoraient ce qu'ils pouvaient trouver ou ce qu'une main leur tendait. Les hauts vitraux avaient quelque chose de chantant, ils rayonnaient dans toutes les couleurs, souvent aussi l'orgue mugissait de l'antre solennel vers le monde extérieur, et puis le brigand se trouva de nouveau devant une galerie d'art et prit la résolution de ne plus jamais rien lire et lut cependant de nouveau à l'occasion une chose ou l'autre. Et puis il croisa une fois de plus ce manchot qui était une sorte de figure familière dans la ville. Une fois, au même endroit, il avait salué très fort une employée de bureau qui marchait avec un léger balancement. Une mère se plaignit devant lui de ce que son fils ne se souciait nullement d'elle, et un fils l'instruisit du besoin qu'il avait de l'affection de sa mère qui n'avait jamais de temps à lui consacrer, et les fils du monde élégant défilaient devant lui et quant aux filles, toutes celles-là qui menaient une existence si raffinée, elles voguaient onduleusement sur l'arc-en-ciel de la vie, et il vit venir aussi un homme qu'il avait entendu un jour dire à son épouse en articulant avec soin : « Espèce de truie », et une femme âgée n'avait plus que la moitié du nez, mais n'a-t-on pas également vu déjà des directeurs de musée avec des visages dont une moitié s'écroulait toujours un peu plus, et n'existe-t-il pas aussi des éditeurs de gazettes présentant d'innombrables ressemblances avec des tyrans ? Un jour, il monta au clocher de l'église et en échange d'un pourboire se fit montrer les grandes cloches qui, le dimanche, venaient sonner dans sa chambre. Un curé l'invita une fois à monter en chaire et le brigand accepta l'invitation.

Les champs de labour germent en vert et les champs de bataille fleurissent en rouge et regorgent de pourpre, et plus d'un se demande à ma place quand et où le brigand en récompense de ses méfaits tous prémédités et de ses négligences trempées dans la présomption sera frappé de la balle qui l'attend. Qu'il la reçoive un jour, c'est tout à fait certain, ne serait-ce que parce qu'il a besoin d'une saignée. Cela le soulagera un peu. Mais cette question, si importante soit-elle, reste pour le moment encore ouverte. Que la lumière des champs de colza est froide et belle sous le bleu, et que la forêt ne veuille jamais être autre que verte, c'est très bien et cela prouve sa persévérance, mais elle pourrait changer quelquefois, nous surprendre, vous ne trouvez pas, vous aussi ? Quelle couleur nouvelle et jamais vue jusqu'ici proposeriez-vous pour revêtir la forêt ? Faites-moi connaître votre avis, s'il vous plaît, je serai toujours prêt à l'entendre. Et là le brigand se souvint de fauteurs de troubles qu'on avait lentement sciés en deux pour l'exemple. Il avait lu le récit de la chose dans un des tout premiers magazines, et le récit était accompagné de la reproduction d'images de l'époque. On pouvait se représenter la situation du scié tout à fait à son aise, avec devant soi une glace au café qui faisait joliment plaisir au cœur, et la laisser entrer dans l'imagination comme une chose qu'on ferait passer par une porte. Il se souvenait encore de la rue où était le restaurant. La rue avait des arbres des deux côtés, et dans sa chambre, non loin de là, c'est-à-dire dans une des maisons de cette rue, gisait un peintre malade. Il gisait tout pâle dans son lit et s'attendait à mourir, mais il reprit des forces. Et à l'occasion d'une promenade, à la tombée du soir, qui revêtait d'un doux argent les contours des arbres sagement alignés suivant la courbe que faisait la pente, comme si, en récompense de leur modestie et de leur indicible patience, c'est seulement une impression bien sûr qui fait penser que les arbres pourraient avoir quelque chose comme de la patience, il les avait bordés de fils de diamant, le souvenir lui vint doucement de cet empereur assassiné par ce qu'on appelle des Grands, et de la façon dont tous ces coupables de lèse-majesté, par le corps et par l'esprit, avaient été suppliciés et comment les femmes de ces criminels avaient été contraintes d'être témoins de leurs souffrances, afin qu'elles soient vivement pénétrées de la nécessité d'un châtiment. Ces femmes qui durent assister au spectacle de la punition infligée à ceux qui avaient été jusque-là leurs plus intimes protecteurs, s'en sont peut-être trouvées beaucoup plus misérables, plus pauvres, plus déchirées, plus accablées, plus suppliciées que les délinquants, et c'est par une femme, que le châtiment avait été ordonné, une parente de l'empereur. Cette histoire était restée gravée dans la tête du brigand depuis l'école, et à présent il pensait : ces Grands se croient souvent trop grands, perdent la juste mesure de leur importance et de la conduite à tenir envers soi et envers le monde. Ils commencent peut-être par s'étonner d'eux-mêmes et découvrent qu'ils sont de mauvaise humeur, et parce qu'ils ont pu s'exercer à la tyrannie envers les petits, s'habituer à donner des ordres à courte vue, ils en viennent à commettre en un tournemain, dans une absence de question qui a tout l'air d'une solution élégante, un crime. Ils s'enivrent de leur pouvoir, mais qu'est-ce que c'est que toutes ces fonctions supérieures comparées au trône de l'innocence et à l'idée divine de l'invulnérabilité et au siège suprême de l'humanité qu'occupe un empereur, auquel le bien-être du journalier ou du valet de ferme le plus pauvre importe autant que la prospérité des riches. Un empereur ne privilégie personne, à moins qu'il n'y soit vraiment obligé et, tout à fait contre son sentiment impérial, contraint, et seulement ainsi. Il est un père pour tous, et c'est pourtant sur le défenseur de l'intérêt général que ces rebelles ont levé brutalement la main et vu en conséquence une main brutale s'abattre sur eux. On aurait dû déjà, pour rendre justice aux petits, les châtier durement, ces gens supérieurs qui décident tout à coup de se désintéresser des obligations que leur impose leur supériorité. Il faut que je remplisse les devoirs qu'implique la culture si je veux pouvoir me dire cultivé. C'est un peu la même chose. Ces supérieurs ont été à ce point punis parce qu'ils s'étaient montrés inférieurs aux plus inférieurs, ils avaient déchu complètement de leur honneur chevaleresque et, quand des chevaliers deviennent des criminels, ils sont cent fois plus criminels que de vulgaires malfaiteurs, dont on peut mieux comprendre les fautes parce qu'ils n'ont pu jouir de l'éducation qui a pour but d'empêcher que ces violences ne se produisent. Les Grands sont expressément soumis devant le peuple à l'obligation de grandeur et de grâce, et d'être souples aussi dans leur pensée et dans leur façon d'agir. Ils font cette promesse avec pleine conscience et, s'ils la déchirent, ils tombent plus bas qu'on ne peut dégringoler, car ils avaient reçu mission de servir d'exemple, non pas dans la dépravation, le laisser-aller, mais bien dans la constance à respecter les lois. Pour ces raisons et d'autres semblables nous comprenons le courroux de cette princesse. Elle a eu sûrement bien assez de peine à se montrer si dure. L'école procure à la vie de l'esprit des impressions destinées à demeurer vivantes en lui, mais chez la plupart des hommes ces lumières s'éteignent, alors qu'elles étaient faites pour les éclairer à jamais. L'influence de l'éducation scolaire a plutôt diminué qu'augmenté, aussi cher qu'aient coûté à l'État et aux communes ces écoles précisément, afin qu'elles fussent convenablement équipées. La situation selon nous est en gros celle-ci : ce qu'on appelle école s'est détourné de l'esprit de l'école au profit dc l'esprit de la vie. L'esprit de l'école n'ose quasiment plus être ce qu'il est. Les maîtres n'ont plus envie d'être de vrais maîtres, ils veulent tous mériter de la vie. Ils n'osent plus affronter la vie au nom de l'école, mais il ne semble pas pour autant que la vie y ait beaucoup gagné, il se pourrait même qu'elle y perde. Les écoles se sont mises pour ainsi dire à flatter la vie. Et si la vie de son côté se moquait pas mal de ces attentions que l'école a pour elle ? Les petits soins nous sont tout simplement odieux bien souvent. La vie n'a pas envie de s'entendre dire constamment combien elle est jolie, gentille, bonne, charmante, grandiose, importante. Voilà comment l'école se met au service de la vie, l'accable d'amabilités presque à tout propos, et voilà qu'il se pourrait aussi que la vie ne fasse que s'en irriter, perde patience et refuse toutes ces prestations, dans l'idée que ce sont des prestations d'amour qui la déshonorent. La vie dit : « Je n'ai pas besoin de votre empressement, prenez plutôt soin de vous » et je crois qu'elle a raison : l'école doit prendre soin d'elle-même, l'école doit s'efforcer d'être en tout point, et donc uniquement, l'école. La vie a son propre fonds pour l'éternité, sa propre, éternelle et difficilement explicable destination. L'école n'a pas pour tâche de comprendre la vie et de l'intégrer dans l'éducation. L'éducation de la vie, c'est la vie qui s'en chargera et ce sera toujours bien assez tôt. Si l'école est à son propre service, qu'elle instruit les enfants uniquement dans son esprit à elle, la vie trouvera des enfants de ce genre beaucoup plus intéressants et les prendra peut-être dans ses bras, leur fera davantage connaître ses richesses. Car enfin la vie aussi a son esprit et c'est dans cet esprit qu'elle veut instruire ceux qui sortent de l'école. Et si les enfants, dès l'école, sont instruits dans l'esprit de la vie, la vie par la suite trouve cela très ennuyeux. Elle bâille et dit : « Laissez-moi dormir puisque vous m'avez déchargé de mes tâches. Les enfants savent déjà tout. Qu'est-ce que vous voulez que j'en fasse ? Ils en savent plus que moi sur la vie. » Et là-dessus, tout marche et en même temps tout s'arrête, c'est comme un rêve. La vie ne s'ouvre qu'à celui qui s'ouvre à elle. Munir les enfants de connaissances sur la vie dès l'école, c'est montrer sa frousse, tout simplement, et on ne va pas très loin avec ce genre de munition. Quand le souci exagère, n'est-il pas temps de retrouver l'insouciance ? « Si je vous parais si méchante, dit la vie, alors pourquoi venez-vous chez moi ? Abstenez-vous, c'est mieux. Si je n'ai plus le droit de rire des débutants, alors tout m'est égal. Si vous ne voulez pas de souffrances, vous n'aurez pas non plus le plaisir. Si vous cherchez la règle, vous avez déjà manqué à la règle. Je rencontre là trop de justes qui veulent tous me mettre au pas. Et si moi, je ne leur prêtais aucune attention ? Si je ne leur donnais rien à boire de mes sources, si je mettais tous mes trésors sous clef ? Si je ne trouve aucune joie aux hommes, où trouveront-ils eux-mêmes la joie ? Je les vois tous venir avec leur art de vivre, mais ils n'ont que l'art, ils ne m'auront pas, moi. Il n'y a qu'en moi qu'ils pourraient trouver l'art, mais s'ils le trouvaient, ils l'appelleraient autrement. Je ne dois plus les rendre malheureux, n'est-ce pas, mais comment pourraient-ils jamais être heureux, comment pourraient-ils sentir ce que c'est que le bonheur, quand le bonheur est aussi peu séparable du malheur que la lumière de l'ombre ? Ils ne veulent plus le bon et le mauvais, seulement le bon, mais ils s'entêtent sur l'impossible. C'est fabuleux comme ils me comprennent désormais, et qu'est-ce qu'ils y gagnent ? Une illusoire vanité. Comme s'ils pouvaient jamais me comprendre. Leur compréhension n'y suffira pas. Et puis comme ils m'aiment. Tous ces amours pour moi! Quel manque de goût. Et bien jouir jusqu'au bout de tout ce que j'ai. Ce qui n'empêche pas que chacun se trouve lésé. Et comment pourraient-ils tous à la fois trouver leur compte? J'aime ceux qui ne veulent nullement jouir de moi, ceux que je vois occupés. Quant aux autres, qui m'apprécient tellement, je ne vois vraiment pas quoi en faire. C'est fou comme les importuns deviennent vite négligeables. Trop de désireux pour les désirer. A chercher le plaisir, on passe le plus souvent à côté du plaisir de vivre. Les gens ne sont pas sérieux et c'est ce qui les rend ennuyeux, et il faut bien qu'ils s'ennuient avec moi, car eux m'ennuient, et parce qu'ils ne veulent pas être sérieux, c'est leur situation qui devient sérieuse, la mienne aussi, non, pas la mienne, et personne ne me comprend, bien que depuis longtemps déjà ils m'aient tous comprise, mais ils l'oublient et ils essayent de deviner encore une fois et ils devinent et ils oublient de nouveau et ils ne devineront jamais parce qu'ils ont tant à faire pour me mettre la main dessus, eux qui sont à moi, comme beaucoup de choses sont à moi dont ils ne savent rien. Leur sagesse ne va pas plus loin que leur souci et ils s'efforcent de plaire les yeux fermés, mais entre-temps de nouveaux enfants ont grandi, et l'enfance, et puis se mettre à deux pour avoir des enfants, et les éducations réussies, et le savoir et la peine, comme pour hâter l'éternel retour d'un monument composé de formes innombrables, et la vie sait et ne sait pas, gauche et despotique comme un enfant, un tout petit point infiniment grand, et là-dessus le brigand se dépêcha d'aller dîner, car c'en était l'heure. Et voilà tout à coup qu'il habite ailleurs. Mais nous anticipons peut-être? Et alors? Qu'est-ce que ça peut faire? Ne soyons pas si exact.

Comme j'ai fait l'important dans le paragraphe que je viens de terminer, et que cela pourrait peut-être dissuader quelques lecteurs de poursuivre leur lecture, à présent je me calme, je m'adoucis, je me fais tout petit. Les vraiment forts ne sont pas ceux qui jouent les forts, gentiment dit, n'est-ce pas? Et maintenant il se trouve que dans une salle où les gens se rencontrent un brave époux était assis en compagnie d'une autre, et voulait que le brigand le vît. Le brigand le voyait mais le brave époux ne voyait pas qu'il le voyait. Lui qui aurait tant voulu être remarqué avait le regret de se dire qu'on ne le remarquait pas; et pourtant il s'était fait une belle joie à l'idée d'être remarqué. C'est que le brave époux s'était mis pour une fois dans la peau d'un viveur. Consciencieusement. Et il se serait bien vu l'objet de l'admiration de son ami le brigand. Or le brigand de son côté ne songeait qu'au moyen de devenir un brave époux. Il demanda à la serveuse : « Vous croyez que je pourrais être encore digne d'avoir une femme? » Question qui reçut de la fille cette réponse : « Eh, mon Dieu, pourquoi non. Vous êtes si gentil. » Cette réponse réconfortante mit le brigand dans une joie extrême, et tandis qu'il goûtait à cet extrême plaisir de penser qu'il trouverait encore l'occasion de devenir un brave époux, le brave époux, lui, qui avait rendez-vous avec une autre, se voyait extrêmement privé de l'attention du brigand. Or il n'aurait souhaité devant personne plus que devant son ami le brigand briller un peu avec son autre. Le brigand se serait dit : « Sa pauvre brave épouse se morfond toute seule à la maison, et lui, il s'amuse ici. » Et du brave époux le brigand eût pensé : « Quel filou, tout de même ! » Tous les honnêtes gens veulent être pris pour des filous, honnête, c'est à la portée du premier nigaud venu. Passer pour honnête, c'est minable et rien d'autre. Or, voici que cet honnête brave époux faisait justement ici un filou magnifique, et ça ne se voyait même pas ! Était-ce assez vilain de la part du brigand de souhaiter, lui, faire un jour partie des braves gens ! Le brave époux lisait sur son visage ces honnêtes intentions, et il entra en fureur contre lui. Pas même un regard pour Casanova ! Insolence ou bêtise ? Et quand enfin le brigand se retourna vers le brave époux dans son rôle casanovesque, il n'était plus là. Manifestement il n'avait pas supporté de ne pas être reconnu. Et le brigand, qui avait commis d'innombrables méfaits, prit la main de la serveuse et dit : « Comme c'est gentil de votre part de croire que je suis encore épousable. — Votre modestie est bien bizarre », répondit-elle. Les braves gens se lassent d'être constamment braves. Il faut avoir été mauvais pour sentir le désir d'être bon. Et il faut avoir vécu dans le désordre pour souhaiter mettre de l'ordre dans sa vie. Ainsi donc, être ordonné conduit au désordre, la vertu au vice, les monosyllabes à l'éloquence, le mensonge à la sincérité, les derniers aux premiers, et le monde et la vie propre à nos propriétés tournent rond, pas vrai, Monsieur, et cette petite histoire est une sorte de parenthèse. Il est possible aussi que le susdit brave époux, en se montrant au brigand son ami avec une autre, ait voulu signifier par là que son épouse appréciait depuis longtemps le brigand et le rencontrerait volontiers. Mais le brigand avait des moments comme cela, où il se faisait des idées. A l'heure même où il rêvait au mariage, et non loin de là, une femme hors d'elle tirait sur son époux parce qu'il allait avec une autre et la laissait en plan, elle et ses enfants, et un autre encore, qui avait le sentiment de n'être chez lui nulle part, visait un tailleur et il visa si excellemment que le tailleur fut touché au cœur. Il a fallu ensuite faire la quête pour la famille du défunt, et encore cet autre, assassin par pure jalousie envers sa bien-aimée qui peu à peu était devenue sa bien-détestée. Ah, tout ça est bizarre. Et puis encore une autre épouse insatisfaite, auteur d'une Complainte sur mon brave époux, une vilaine histoire où son mari se pendait, et qu'elle publia. Aussitôt imprimée elle la donna à lire à son pauvre homme, mais lui était si brave et si gentil qu'il n'eut même pas l'idée de se fâcher. Il lui donna, au contraire, et de bon cœur, un petit baiser minable. Jusqu'où peuvent aller les gens paisibles ! Elle tomba sans connaissance. Je veux bien le croire. Malheureuses femmes, mariées à des hommes incapables de se mettre en colère. Je préférerais qu'on m'enterre plutôt que d'avoir un mari comme ça. Le brigand, ah non, c'était quelqu'un qui savait encore se rebiffer de temps en temps. Il est vrai qu'aussitôt après il avait coutume de se gratter les oreilles, qui étaient d'une couleur très tendre chez lui. On était touché par ses oreilles, mais, ciel, et mon opéra ? Pardonnez-moi si, comme le Carnaval en mai, j'y pense seulement maintenant, inopinément. Elle voulait le quitter, mais il lui faisait pitié. Est-ce pour cela qu'elle chantait si bien ? Sommes-nous plus aimables quand il y a en nous des questions auxquelles nous ne savons pas bien répondre ? Sommes-nous plus beaux à voir quand nos façons reflètent des contradictions, des luttes intérieures, de nobles serrements de cœur ? Est-ce dans la confusion que nous sommes le plus vrai, quand rien n'est clair, que nous sommes le plus clair, dans l'incertitude, le plus sûr de nous ? Oh comme la belle me faisait de la peine d'avoir été sauvée, que plus aucun salut désormais ne fleurisse pour elle, plus aucun désir de salut ne remue l'air autour d'elle et qu'aucun sauveur ne puisse plus à présent lui apparaître parce que l'apparition déjà avait eu lieu. Heureux celui qui parvient dans sa vie à être vingt fois malheureux ! N'est-ce pas uniquement dans le désespoir que l'homme sent ce qu'il a de beau ? Ce qu'il vaut ? Mais peut-être dois-je remettre cela à un peu plus tard. Dommage, je me sentais plutôt en forme. Mais je me fais confiance : l'escale ne m'empêchera pas de poursuivre mon vol sur le même sujet.

Il était donc à présent dans son nouveau logis, oh, la tête qu'il fit le premier jour. Peu à peu ce visage de nuit d'orage s'éclaircit. Il examina les lieux, puis il sortit sur le balcon et ses pensées s'envolèrent comme des colombes vers son Édith, puis voletèrent un moment autour de l'autre, Wanda, et après quoi revinrent à son ancienne maison, et tantôt il se parlait en silence, tantôt à haute voix. « J'ai quand même un sofa », se dit-il, et à ce moment on frappa à la porte, sa logeuse parut dans l'encadrement et dit : « Dites donc, vous n'avez toujours pas réglé la dette que vous savez. — De quoi parlez-vous ? » demanda-t-il. Quelle politesse dans le ton de sa question ! Et plus généralement quelle extrême correction désormais dans toute sa personne ! La logeuse s'appelait Selma et avait une voix perçante. « De quoi je parle ? Vous me le demandez ? » Et elle se tordit de rire. Sa gaieté lui plut. Et puis elle avait cet air souffreteux. « J'essayerai une fois de l'embrasser », se dit-il et, cela dit, il éclata de rire à son tour. Lui aussi se tordait de rire à présent. « Vous avez du toupet », fit-elle. Il trouva cette remarque pleine de charme. Dans le même temps ses colombes reprirent un peu de leur vol vers son ennuyeuse petite Édith. Édith avait quelque chose de merveilleusement ennuyeux ; et il y pensait à présent, à cet édithique ennui. S'il la revoyait par hasard, commençait-il à songer. C'est alors que mademoiselle Selma dit : « Vous êtes un vaurien tout simplement. Taisez-vous, je le sais. » Ce qu'elle se permettait de dire là ravissait le brigand. Un ravissement tout à fait original. Des ombres volaient comme de grandes hirondelles silencieuses à travers la chambre. « Puis-je avoir un marteau ? » fut la question qui osa sortir de sa gorge. Elle faisait un son tremblant. Touchant de voir un pareil brigand frémir devant une Selma. De nouveau un rire qui ne manquait pas de toupet passa furtivement sur le visage de la femme. Il n'y avait aucun toupet dans son rire, à la différence du brigand. Rétablissons les faits. « Vous voulez quoi ? Vous pouvez répéter ? » Il réitéra sa demande et en éprouva encore une fois un plaisir très spécial. « Je voudrais un marteau, dit-il lentement et en articulant. — Cette façon d'articuler lentement quand vous me parlez, vous qui n'êtes que mon locataire et rien d'important, est une impertinence », eut-elle l'esprit de remarquer. Cette remarque souleva derechef et aussitôt chez le brigand un enthousiasme inquiétant. « Cela ne me donne pas encore le marteau dont je pensais faire usage pour enfoncer quelques clous dans le mur afin d'y suspendre un tableau », dit-il avec la sérénité la plus noble que jamais bouche ait mise dans des paroles. Elle n'avait pas le temps maintenant, disait Selma. « Je veux vous épouser parce que vous me faites pitié », voilà ce qui jaillit comme l'éclair du fond de sa présence d'esprit. Ces mots mal élevés avaient été dits intentionnellement, avec pleine conscience d'unc envie de rire. Son âme était devenue une Italie pleine de parasols. Mademoiselle Selma alla s'asseoir sur un des fauteuils de velours, comme pour signifier qu'elle cherchait à reprendre ses esprits. « Drôle de type », dit son sourire méprisant en même temps que les mots qui tombaient de ses lèvres. Ces mots étaient émis à voix sourde, comme si elle se parlait à elle-même. Une pensée s'éleva dans l'esprit du brigand, il pensa à l'importante personnalité qui lui avait dit que l'imbécillité lentement mais fatalement gagnait tous ceux qui érotiquement parlant n'allaient pas jusqu'au bout des joies et du sérieux de la vie. « A quoi êtes-vous en train de penser? demanda la demoiselle. — A un succès », répondit celui qui attendait toujours ce qu'elle pourrait encore bien lui dire à propos de sa demande en mariage, mais il jugea préférable de ne pas revenir sur le sujet. Elle portait en elle un amour silencieux et fier et traversait la vie avec lui. « Au fond elle est très gentille », se disait de nouveau à présent le brigand, qui aurait peut-être été bien content de trouver quelqu'un qui crût à son état de brigand. « Vous êtes très mal installé », laissa glisser Selma de ses lèvres minces, fines, délicates comme un archet, et en effet elle avait une bouche qui évoquait le son du violon, tant elle était finement découpée. « Je vais vous donner, pour remettre en plis votre éducation chiffonnée, un roman à lire, à supposer que vous perceviez en vous le vœu sincère de vous améliorer et de m'être reconnaissant de l'occasion que je vous donne de penser combien un redressement moral vous serait nécessaire. » Sur ce discours bref mais bien tourné, qui était sorti d'elle comme un lapin de son taillis, il s'inclina devant elle. Mais bien que faite à merveille, sa révérence ne recueillit qu'un éclat de rire. « Pourquoi suis-je un vaurien ? demanda-t-il d'un ton modeste. — Parce que vous passez votre vie à jouer les modestes. Vous êtes un gredin parce que vous ne l'êtes pas du tout et que vous devriez absolument l'être un peu », répondit-elle avec la dernière énergie. Elle se délectait d'avoir sorti cela. Comme le soleil semblait paresseux dehors. Au lointain, bien sûr, c'était toujours les montagnes. « La vue sur ces merveilleuses montagnes, dit mademoiselle Selma, fait l'objet d'une note à part. Je vous en ferai savoir le montant mensuel. Vous croyez que je vous en fais cadeau? N'ayez pas tant de prétention. » Un sourire de béatitude se promenait sur les lèvres du brigand. Ce que Selma disait là semblait plein d'esprit. Aucun hommage n'eût pu être à la hauteur de la performance. Elle reprit ensuite le fil du vaurien et déclara : « Quelqu'un qui choisit l'âme la plus délicate et susceptible pour frapper dessus à coups de marteau, qui aime une Wanda pour sauter ensuite sur une Edith... — Mais comment pouvez-vous savoir tout cela? » demandai-je. Elle laissa la question pour ainsi dire à la porte. Et maintenant j'ai tenu ma promesse. J'avais promis un entretien sur les amours du brigand. Beaucoup nous croient oublieux. Mais nous pensons à tout. Mademoiselle Selma tirait sur son tablier avec ses petits doigts. Le brigand pensa : « Je suis ici et je regarde un tirage de tablier, et quelque part il y a des hommes qui luttent pour leur survie. » Il se trouva convenable d'avoir pensé cela. « Vous avez pitié? cria soudain Selma d'une voix aiguë. Vous me connaissez donc si mal? Qu'est-ce que vous croyez d'une jeune fille qui sort d'une bonne famille? — Vous n'êtes quand même plus toute jeune, fit-il. — Je vais vous chercher le marteau.Venez avec moi pour que je n'aie pas besoin de vous l'apporter. En y réfléchissant j'ai encore du travail à faire », laissa-t-elle tomber. Elle traînait sur les mots en disant cela, et je peux vous assurer de mon côté que Selma vous étonnera encore. Elle avait pour ainsi dire quelque chose d'excentrique. Nous songeons toujours à l'opéra et il sera également question à un moment ou l'autre d'une station sur la pointe des pieds. Patience.

Curieux comme nous sommes satisfait en ce moment. Ma conduite miroite tous ces temps-ci sous le soleil de l'autosatisfaction. C'est terrible. Mais malheureusement conforme à la vérité, semble-t-il. Mes manques ont toute mon indulgence, tous. Le prix auquel je m'estime vaut d'être vu. Voilà deux amis qui ont plutôt profité l'un de l'autre, dirait-on. Avant ils se nuisaient. C'est pure suffisance de ma part cette comptabilité pour savoir qui a gagné et qui a perdu, et où ça et combien. Ces supputations sont très jouissives. C'est devenu une espèce de sport chez moi de m'occuper sérieusement des autres. Ce faisant je ne me mêle naturellement des affaires de personne. Je garde mes réflexions pour moi. Un principe remarquable qui est le mien dit : Ne pas me servir, c'est se nuire. Hein ? N'est-ce pas formidablement pensé ? J'ai une autre maxime encore : Celui qui se montre affectueux et poli avec moi a sûrement déjà subi des ennuis. Une logique incroyable, non ? Je trouve cela très intéressant en tout cas, curieux. Mon brigand lui aussi réfléchissait à ces questions d'économie, et il avait bien raison. « Maintenant ou jamais ! » Combien de fois ne s'était-il pas dit cela ! Même là, là où il se tenait sur la pointe des pieds pour mieux voir dans le café où était Edith, il semble qu'il se le soit dit. Mais, depuis quand vadrouille-t-on comme cela, depuis quand se met-on ainsi sur la pointe des pieds pour se faire plus grand, plus mince, plus important et plus considérable qu'on ne l'est en réalité ? Le brave garçon. Nous lui faisons une fois encore excellemment la leçon. Sortira-t-il indemne de cette histoire? C'est une possibilité qui s'envisage en silence, pour ne pas dire tranquillement. « Maintenant ou jamais ! » Il y a du romantisme dans ce mot. Un mot qui peut être très sensé mais aussi très fou. Et là-dessus il s'en alla et oublia ce mot à la fois sensé et idiot, dirigea ses pas vers la place en jetant des regards de tous côtés avec un aplomb qui pouvait lui faire croire qu'il était le héros d'un roman moderne, et se posta enfin devant le tableau qui informait des cours de la bourse. Où était-ce déjà, quand il avait payé pour un comédien, d'un geste qui témoignait d'un incomparable savoir-vivre, le verre de bière que l'autre avait bu. Nous avons tendance à croire que les écrivains les plus discrets sont les meilleurs, nous espérons trouver ici votre approbation. Ceux à qui je dois de l'argent se sont fait tort, ils se sont montrés trop intimes. Tiens, encore une petite maxime de conduite, à ne pas prendre trop au sérieux naturellement, mais on dit souvent n'importe quoi, des choses plates même, et, hop, voilà qu'il y a une idée dedans. Avec les plaisanteries c'est quelquefois pareil. Continuons. Sur mademoiselle Selma nous reviendrons tout à l'heure, disons dans dix minutes. Nous y reviendrons avec empressement. Cette excellente personne a su sans doute dès à présent fasciner le lecteur. Fascinait-elle le brigand? Peut-être le croyait-elle. Et il le croyait peut-être aussi par moments. On se persuade d'un tas de choses très facilement. Elle possédait en tout cas une part très convenable de spiritualité. Nous la décrirons de manière qu'on puisse dire d'elle que son personnage a beaucoup d'humour, une figure réjouissante, en somme. A propos, il y a ce passage sur les dames dans le grand roman de Dickens. Comment s'appelle ce roman déjà? A quoi bon le saurais-je? Tout le monde connaît ce livre, et les gens avertis ne lui témoignent guère autre chose que de l'admiration. Quand Dickens parle de belles femmes il devient infiniment doux, y met de l'affection et du soin. Personne ne s'y entend comme lui pour flatter le sexe féminin. Il croyait manifestement urgent de le faire et il n'avait pas tort. Quand on croit nécessaire de flatter quelqu'un, c'est qu'on éprouve à son égard une sorte de fine culpabilité. En même temps on lui laisse le soin de digérer cette flatterie, et c'est un soin qui demande de l'intelligence. Quoi qu'il en soit, c'est donc au palais des glaces, là même où l'on joue également de l'argent, qu'un soir Wanda et Edith se sont donné le rendez-vous dont je parlais plus haut. Quelle tranquillité dans leur entretien, quelle mélancolique beauté chez toutes deux. Cette conversation ne délivrait pas leurs âmes, mais les soulageait peut-être un peu. Et derrière un rideau qu'il avait soigneusement tiré se tenait le sujet même de la conversation, notre brigand, qui n'en perdait pas un mot, et nous qui vous racontons tout cela, nous étions tout près de lui et nous l'exhortions à l'impartialité en lui soufflant à l'oreille : « Reste froid et, autant que possible, un artiste. » Et ce « drôle de type », comme l'appelait Selma, nous obéit, si tenté qu'il fût de se montrer, car il tremblait d'envie de se mêler à cette exceptionnelle conversation. Lui-même n'a jamais joué d'argent au casino mais cela ne l'empêchait pas de suivre le jeu avec intérêt. Plusieurs de ses amis le pressaient d'y prendre part. Amis, disons-nous, mais il ne faut pas prendre le mot au pied de la lettre. Il connaissait du monde, voilà tout, un Américain par exemple, et aussi un jeune juriste. Le milieu mondain ne lui était pas si étranger, mais il n'en était pas vraiment proche non plus. « Qu'est-ce que vous avez donc à la fin ? lui dit à ce propos et sans préambule en le croisant dans l'escalier une jeune femme de ces milieux disons plutôt légers. « Vous me faites peur, vous savez. Vous êtes tellement inoffensif que d'un autre côté on ne peut pas le croire. Qu'est-ce que vous faites exactement ? Vous gardez les trésors du roi d'Arturzoulatacosie ? Hein ? Vous ne dites rien ? Dans cette pénombre autour de nous, comme votre silence est bizarre. Ai-je raison de vous croire bizarre ? Peuh, quelle façon de se conduire ! On dit que vous souffrez et que vous aimez cela. Vous seriez donc capable d'avaler les mauvais traitements et d'y trouver du plaisir. Vous m'offensez, là, à rester comme une bûche devant moi quand il y a longtemps que vous auriez déjà dû me faire savoir ce que je dois penser de vous. Mais vous me faites peur, je vous l'ai dit et je le maintiens, compris ? Je vais faire tout mon possible pour vous trouver dangereux. Vous êtes dangereux parce que vous ne l'êtes pas le moins du monde. Vous êtes un vaurien, est-ce que vous le savez ? Et savez-vous pourquoi ? Parce qu'on ne voit pas la raison qui fait qu'on vous voit comme ça. C'est pire que tout. — Je peux vous assurer que je suis quelqu'un de très intéressant », avait répondu le brigand. Sur un ton incroyablement direct et sincère. Il venait justement de s'acheter une casquette chez le chapelier et s'adressant à présent à la femme qui, on en conviendra peut-être, souffrait d'un léger, mais très léger manque d'attention aux règles de ce qu'on appelle la correction, il lui demanda si sa casquette lui allait bien. « C'est tout juste », avait-elle répondu en faisant un peu la moue, et là-dessus, sa casquette sur la tête, il s'était rendu à l'endroit où il avait jugé bon de se tenir sur la pointe des pieds. L'insignifiance de ce comportement signifiait pour lui beaucoup. Le jour suivant il devait recevoir une lettre anonyme disant ceci : « Monsieur, peut-on encore vous respecter ? Après ce que vous avez fait au vu de tout le monde hier soir, difficilement. Vous vous conduisez comme un gamin. Vous êtes lâche. Votre mégalomanie et rien d'autre vous pousse à jouer les gamines. Car regarder à travers les carreaux en s'émerveillant des lumières et en se délectant de ce que les autres mangent, c'est le fait d'une gamine. Vous reniez vos parents et vous bafouez l'éducation que l'école vous a donnée. C'est scandaleux. Vos maîtres n'ont pourtant épargné aucun soin jadis à vous apprendre ce qu'ont su faire un Sully, un Vauban, un Colbert. Avez-vous donc complètement oublié Rome et la Grèce ? Vos manières sont tout à fait celles d'un garnement. Cela ne vous impressionne pas, vraiment, quand vous rencontrez certains messieurs encadrés d'autres messieurs portant hauts-de-forme ? Ce spectacle ne vous fait rien pressentir ? Avez-vous oublié le nombre de réprimandes que vous avez déjà reçues ? Cette lettre devrait vous mettre mal à l'aise. On veut vous sauver, et pour cela on souhaite vous contraindre à vous amuser de telle sorte que votre sentiment vous dise enfin ce que c'est qu'être correct. Etre correct consiste avant tout à repérer les incorrects et, le cas échéant, les définitivement incorrigibles. Mais il semble que vous refusiez absolument de comprendre ces choses-là. Il faudra pourtant bien qu'un jour vous les admettiez. Votre casquette vous va mal. Elle vous donne un air vulgaire. Vous vous faites remarquer d'une façon désagréable par les gens de goût. Tous les oncles, autant qu'il en existe, sont furieux contre vous. Les tantes protestantes sont presque obligées en vous voyant de faire le signe de croix et de commettre ainsi un grave manquement aux formes. Ne vous êtes-vous pas fait rabrouer, n'en avez-vous pas ri, et n'est-il pas vrai que vous allez habiter, que vous allez loger chez une toquée du nom de Selma, et que saurez-vous faire d'autre là-bas que de regarder du balcon le cheval d'un laitier et le soleil dans le ciel qui brille sur le cheval, et le balcon lui-même qui vous porte, et les couvreurs sur le toit qui réparent le toit, et examiner une dame en train d'être examinée par une autre femme, parce qu'elle est souffrante, et fixer des yeux la grille d'un jardin qui s'ouvre et qui se ferme à mesure que des personnes entrent et sortent, et puis penser au moment où vous étiez juste en train de rentrer du balcon dans votre chambre, cette chambre à laquelle votre orgueil, qui frôle tantôt l'arrogance tantôt la soumission la plus effrénée, vous a fait donner le titre d'appartements ? » Il lut la lettre et se dit : « Les choses se passeront exactement comme cela, c'est sûr. » Il se sentit comme protégé d'avoir été grondé de la sorte. Ça n'arrive pas à tout le monde.

Avant de nous occuper davantage de la toquée que le brigand pour sa part trouvait charmante, les gens qui ont des lubies ont au moins quelque chose, pensait-il, nous allons vous présenter deux des camarades d'école du brigand. Ces deux-là sont allés loin. L'un est devenu médecin, l'autre, imprimeur. Ce dernier est avec le temps parvenu au poste de directeur technique, et après cette ascension rencontra un jour dans une exposition de peinture le brigand auquel sur un ton détaché il dit : « Tu as une mine qui ne me plaît pas. J'espère qu'elle me plaira davantage la prochaine fois. » Celui qui avait ainsi parlé mangeait dans une pension très chic. C'était la plus chic, la plus féodale pour ainsi dire de toute la ville, et elle était dirigée par une dame qui n'était plus très jeune et qui avait longtemps séjourné en Angleterre. La propriétaire de la pension s'entendit dire un jour par le chef d'une des plus chics imprimeries de toute la ville : « A ce que je crois, vous m'êtes sympathique. Votre allure exprime l'indépendance. J'aimerais éventuellement me marier. Pardonnez-moi l'expression de ce vœu délicat. Quand nous voulons dire quelque chose de délicat, cela sonne souvent d'une manière un peu indélicate. Déjà un sentiment chaleureux pour votre personne inonde la mienne. Il est possible que l'expression "inonder" vous choque un peu. Je sens comme vous. Nous sommes donc ici en plein accord, chère et irrésistiblement vénérée demoiselle. Je regrette d'avoir parlé de vénération irrésistible, à cause de l'irresponsabilité que le mot évoque. Suis-je un poète? Non. Suis-je quelqu'un de présentable? Oui. Et en tant que cette personne d'un certain poids, je veux dire quelqu'un qui au long des années a réussi quelque chose et dont le cœur vous est acquis, je vous fais cette proposition que nous unissions nos destins et que pour commencer nous nous accordions nos mains sous le sceau du mariage. » Malgré l'emphase il était sincère et elle le vit parfaitement. A cet instant il était comme du verre transparent qui ne cachait rien d'intérieur, c'est-à-dire rien de son honnête intention, laquelle témoignait d'une bonne foi qu'on pouvait dire aveuglante, et c'est ainsi qu'elle tomba dans les bras du chef d'une des plus chics imprimeries de toute la ville, lui faisant comprendre par là qu'elle était d'accord avec sa proposition et s'en trouvait heureuse. La guerre mondiale arriva sur ces entrefaites et la pension commença bientôt à se faire connaître d'étrangers portant l'enseigne de pacifistes et ayant à ce titre jugé bon de se soustraire aux contraintes qu'imposaient à leurs sujets les nations en guerre. La pension, devenue également la sienne à présent, se transforma en véritable, réelle, authentique pension de gens cultivés sous le signe d'un même amour de la paix, et comme il s'agissait exclusivement de gens aisés, auxquels il arrivait aussi d'écrire des articles passablement enflammés contre la guerre, qu'on imprimait, l'affaire ne pouvait que prospérer, ce qui en soi et pour soi est aussi conforme que possible au bon droit. Le deuxième de ces deux heureux camarades d'école, après des études de médecine menées avec un zèle qu'on dira tranquille et même un peu assoupi, devint spécialiste des maladies mentales. Comme le mental a un étroit rapport avec les nerfs, on le consultait aussi bien pour les maladies nerveuses et comme ce sont précisément les femmes qui ont parfois des nerfs un peu délicats et fragiles, rendant nécessaires observation et soins, ce spécialiste des maladies mentales qui s'intéressait également et principalement aux nerfs put passer pour gynécologue, et c'est à ce titre qu'en suivant des sentiers en somme plutôt aisés il acquit une excellente réputation, tant il est vrai que les belles carrières s'appuient presque toutes, plus ou moins, sur une sorte de laisser faire ou de laisser-aller. J'ai entendu dire qu'avec les mères en particulier il avait une manière de s'y prendre extraordinairement élégante et raffinée, de sorte qu'elles ne mettaient aucune réserve à lui confier tous les restes de petite fille qu'elles traînaient encore après elles, et que grâce à cette méthode simple il parvint à la fortune et la considération. Il avait un abord flatteur, un regard profond qui apaisait l'anxiété, et c'est ce regard, semble-t-il, qui fut sa chance. Il épousa déjà vieux célibataire une très jeune et jolie femme, dont il n'est pas douteux que les charmes et la fortune qu'elle lui apporta augmentèrent ou élevèrent à un degré assurément non négligeable l'agrément déjà considérable qu'il trouvait à vivre. Et tandis que les deux camarades d'école ainsi décrits gravissaient les degrés d'une aussi délectable échelle bourgeoise, le brigand alla quant à lui trouver mademoiselle Selma et lui demanda poliment si de quelque manière que ce fût elle avait besoin de lui. Il se mit une fois de plus à rire et elle le regarda avec étonnement. « Vous désirez ? » demanda-t-elle. Elle buvait son café et lisait le journal. Il faut préciser que mademoiselle Selma en règle générale vivait sans viande, c'est-à-dire ne mangeait que des choses menues et délicates, ou en d'autres mots s'imposait au point de vue culinaire les plus minutieuses restrictions. Notons encore que chez mademoiselle Selma logeait une étudiante russe.

Et maintenant voici comment nous voyons provisoirement toute l'affaire : Édith s'est montrée maladroite avec « son » brigand. Elle a commis des erreurs considérables. J'ai moi-même écrit dans ces pages que mon intention était de le prendre par la main, de le conduire auprès d'elle, afin qu'il se tienne là, devant elle, comme une sorte de pécheur, et qu'il lui demande pardon. Mais doit-il lui demander pardon parce qu'elle s'est montrée maladroite avec lui ? Cela n'aurait vraiment aucun sens. Et me voilà à présent dans l'embarras de voir cette histoire de réconciliation rester dans le vague. Il est vrai qu'en certaines circonstances je tiens l'indétermination pour quelque chose de positif. Car comment puis-je savoir la façon dont Édith, au cas où nous frapperions timidement chez elle, nous accueillerait? En nous voyant, je veux dire moi et le brigand, elle pourrait très bien avoir l'idée de nous flanquer la porte au nez en ajoutant peut-être à notre adresse un « Déguerpissez! » Moi, elle me boude, c'est sûr. Le boude-t-elle aussi, il m'est impossible d'en juger. De toute façon c'est une sorte de boudeuse chronique. Pendant un temps nous la vîmes, c'est-à-dire tous ceux qui la rencontraient, brunie. Elle avait pris de ces bains de soleil qui brunissent. Elle fut aussi un mois durant à l'hôpital et un mois durant le brigand se rendit des douzaines de fois au café pour demander de ses nouvelles et la réponse était toujours qu'elle en avait encore pour pas mal de temps avant de revenir. C'est à cette même époque qu'il bombarda sa collègue avec des boulettes de papier. Il voulut lui écrire au moins cent lettres plus touchantes l'une que l'autre, mais il s'abstint. Le brigand faisait partie de ces gens qui sont de vrais titans dans l'art de différer, qui trouvent de la jouissance dans la privation d'une jouissance, car écrire des lettres, c'est bien une jouissance. Comme il aurait voulu l'avoir fait. Et tout à coup la nouvelle vint du petit café : elle arrive. Et en effet voici qu'elle était là, et c'est alors qu'allèrent bon train tous ces enfantillages bizarres, et un soir elle lui sourit, je ne sais pas exactement à quelle heure, un sourire de sirène. Je ne sais pas si le mot est tout à fait celui qui convient ici. Il se peut qu'en disant cela je dépasse les bornes, ce que naturellement je déplorerais. Mais lui souriait-elle alors pour lui balancer plus tard : « Espèce d'idiot, vous avez fini de me déranger continuellement? » Quand je me remémore un propos comme celui-là, j'ai du mal à me faire croire que le brigand ait pu lui nuire en quoi que ce soit, ni par conséquent commis une faute qui l'obligerait à s'agenouiller devant elle. Il y a en effet des gens pour exiger absolument cela de lui. Toutes sortes de gens se mêlèrent de cette affaire, des gens plus ou moins intelligents, des universitaires aussi bien que des gens qui n'en étaient pas. Vous voyez à cet exemple qu'il n'y a pas de vrai secret là où il y a du monde. « Aie la bonté, chère, chère Édith, de me tenir pour un goujat. » Devait-il aller la trouver et lui parler ainsi, tandis qu'elle serait peut-être assise sur le sofa en train de tricoter? Je dois avouer que je ne pourrais contenir une envie de rire en voyant cela. Et pourtant je suis éventuellement prêt à me mettre en campagne de bon cœur. En principe je ne dis absolument pas non, bien que l'intérêt de la tâche me paraisse douteux. D'une façon générale et dans l'état présent des choses je suis à vrai dire dans des dispositions presque un peu trop diplomatiques pour accepter facilement une mission de ce genre. Ce qui pourrait arriver facilement, c'est qu'Édith, disons-le, fronce le nez en me voyant. Dois-je donc souhaiter m'exposer, moi et mon pupille, au dédain ? D'un autre côté on pourrait supposer qu'Édith éprouve une joie immense, ce que je ne croirai quand même pas sans mal. C'est une créature nerveuse, très nerveuse. Les timides comme elle peuvent très bien se cacher sous des allures prétentieuses. Quand on dérange ce genre de natures douces dans leurs rêves, leurs lubies personnelles, elles répondent par une insolence quelconque, et qu'a-t-on alors gagné ? Avant toute chose le brigand doit selon moi essayer de s'élever socialement. Quant à Édith, elle n'a pas que de la froideur à attendre de moi. Mais vous ne pouvez pas vous imaginer l'effet comique que cela ferait sur moi si je l'entendais la supplier. A sa manière il est doué pour les prières. Je vous assure qu'il fait cela très gentiment, mais on ne peut pas non plus s'empêcher de rire terriblement à chaque fois. Je pourrais avoir une crise de fou rire, qui peut me garantir que ce ne serait pas le cas, et puis ceci encore : les reproches en matière de morale sont bien entendu utiles à la morale, mais c'est le destinataire du reproche qui y gagne, et non pas l'envoyeur, il faut bien voir cela : faire des reproches peut devenir une manie qui prête à rire, et mieux vaut, pour l'âme, être corrigé que de corriger, car finalement ne corrigent jamais que ceux qui souffrent, alors que le fautif a toutes les apparences de la santé, et mieux que cela, il en déborde effectivement. C'est dur de rester froid dans la critique, je veux dire de façon que le cœur du critique ce faisant ne devienne pas lui-même dur. Devoir se soumettre à la critique a quelque chose de très amusant. Le critiqué peut très facilement se sentir flatté car il peut se dire qu'on s'occupe de lui, et c'est bien le cas en somme. Mais pour comprendre cela, il faut déjà s'y connaître un peu dans d'assez vastes compartiments de la pensée et pouvoir saisir les rapports. Quand on commence à parler sérieusement, huit personnes sur dix sont persuadées qu'on commence à dévaler une pente, pour ainsi dire, comme s'il allait de soi que seuls les gens gais occupent le sommet de l'intelligence humaine, ce qui ne devrait quand même pas être tout à fait exact. Certes la gaieté a beaucoup de valeur, mais gaieté et sérieux devraient se succéder, afin que le sérieux finisse gaiement et la gaieté sérieusement, que la fin soit comme une limite ou comme un nouveau commencement. Un jour donc il lui jeta comme cela dans un moment de mauvaise humeur une pièce d'un franc. Pour nous ce n'est pas une faute lourde et nous n'allons pas pour une pareille bagatelle faire violence à l'objet de tous ces récits, pas la moindre. Pendant ce temps-là l'importante personnalité chez laquelle le brigand avait une fois mangé des haricots, à l'occasion de quoi, comme nous savons, il fut question de sexe, avait publié dans une sorte d'almanach un essai qui plaidait pour l'intérêt que présente l'existence du cœur. Manifestement le militant sexuel s'était montré là infidèle, si l'on peut dire, au militantisme du sexe, dans la mesure où il avait dû s'ouvrir à toutes sortes de vues souriantes, par exemple celle qui nous fait penser que l'activité du cœur doit être mise plus haut que l'activité des organes sensibles. Notre position personnelle à cet égard est disons superficielle ou neutre. Mais le brigand, lui, découvrit l'article, il le lut dans la solitude la plus sombre, caressé de ténèbres, et il n'a pas nié l'impression qu'il fit sur lui. Presque en même temps il entreprit, soit dit en passant, un petit voyage. Mais cela fait bien longtemps, semble-t-il, que nous faisons attendre cette pauvre mademoiselle Selma. Il n'est pas dit que les femmes comprennent mieux les femmes que ne fait l'homme, l'homme connaît les femmes d'une manière romantique, la femme est plus réaliste dans la compréhension de ses semblables, on pourrait peut-être dire qu'elle se sert plus de sa raison, qu'elle est simple comme à l'école, où deux fois deux font quatre. Pour l'homme la femme est quelque chose comme cinq après la même opération, quelque chose d'illogique, de supralogique, quelque chose dont, souvent sans qu'il le dise, il a besoin à des fins supérieures.

Édith était quelque chose comme cela pour le brigand, et peut-être est-ce là tout ce qui le rend coupable à l'égard de cette fille. Peut-être peut-on parler ici de tromperie au sens bourgeois du mot. Vous voyez que nous ne laissons rien passer quand il s'agit de lui, et si nous devions trouver la plus petite chose, fût-elle de la minceur d'un cheveu, qui ressemblât à une faute, nous l'embarquons chez elle, dussions-nous le tirer par les cheveux, et il aurait beau crier au secours, ça ne servirait à rien. Mais il ne sera pas nécessaire d'employer de tels moyens, si je lui dis « Viens », il vient, car c'est un affamé, au sens où il est constamment un tout petit peu curieux. Cette Selma voyait Édith d'une façon très, très deux fois deux font quatre. Elle était pour Wanda, mais sans doute uniquement pour pouvoir accuser le brigand de trahison. Cela importait plus pour Selma que le bonheur de Wanda, qui ne pouvait lui être que complètement égal. Une fois, en se promenant, le brigand imagina qu'Edith lui avait donné une tâche à remplir, et comme alors il bondissait, bondissait et finissait par s'écrouler et comment elle voyait tout cela et faisait simplement un sourire où il y avait un tout petit peu d'inquiétude, et il trouvait cela magique, et une autre fois il imagina qu'il avait quitté le pays, qu'il errait dans des régions inconnues, parcourait des rues étrangères, ouvrait des portes étrangères et n'avait affaire qu'à des étrangers, et qu'alors il pensait au pays laissé loin derrière lui, et à Edith dans le même élan, et aux palais de l'amour qu'il avait si pieusement bâtis et qui étaient entièrement faits d'inclinations sincères et de joies du cœur, et il se mettait à marcher, marcher et ne trouvait plus son chemin, mais peut-être qu'il aimait cela, il ne se permettait pas d'en décider, là, tout de suite. Nous reviendrons nommément sur tout cela, avec soin, le moment venu.

Donc, parce que au cours d'une nuit, et même pas très tard, dans un café où il avait rencontré une femme de Hong Kong, il s'était montré, d'une certaine manière, c'est-à-dire très fugitivement, familier avec elle, il s'était vu exposé aux persécutions, au harcèlement. Est-ce juste, est-ce en accord avec les belles lois souriantes qui président à la gentillesse ? Je vous le demande, ayez la bonté de me le faire savoir. Cette Chinoise, ou était-elle autre chose, peu importe, avait sur la tête une sorte de parure en plumes, et sa poitrine, ou sa gorge, se devinait large. Le brigand commanda pour lui et pour elle un demi-litre de rouge. Voilà tout, je le jure. La mère du brigand, du temps où elle était jeune, faisait ses devoirs dans une petite chambre mal éclairée perdue au fond de la Valachie. C'était aussi une raison, semble-t-il, de lui retirer d'autorité, à lui, le peu de confiance dont il jouissait jusqu'alors. Était-ce vraiment nécessaire ? Et puis aussi cela : son père n'avait pas réussi en affaires. Voilà donc la raison principale pour laquelle les jolies épaulettes du brigand lui avaient été arrachées et lui-même dégradé au rang de serveuse. Ses amis assistaient tous impuissants à ces mesures impitoyables. Celui qui se déclarait son ami se rendait impossible aux yeux du monde. Il fut donc transformé en servante. Il semble qu'il se soit promené avec un tablier et il semble également qu'il ait pris sincèrement goût à cette charmante toilette. Il faut dire aussi que curieusement elle lui allait on ne peut mieux. Donc parce que son père était un homme bon et pauvre... bon Dieu ! Inutile de répéter la suite. Combien de fois sa chère Edith ne leur avait-elle pas dit : « Taisez-vous ! » Mais ils auraient préféré n'importe quoi plutôt que de laisser le petit brigand, lui, si incroyablement délicat, tranquille et en paix. « Clochard » était encore le mot le plus tendre qu'on lui disait. Et pourquoi lui disaient-ils cela? Tout simplement parce qu'il n'avait toujours pas produit le roman attendu. Jadis, il est vrai, tout à fait au début, le brigand avait de son côté remis à sa place un de ces messieurs, non pas oralement, seulement par lettre, mais cela revient au même. Ce manquement lui fut plus tard spécialement compté et souligné d'un gros trait. Mais que son père fût pauvre, ça, c'était impardonnable. On aurait pu lui pardonner tout le reste, mais pas ça. Car ça, c'était tout simplement dégoûtant. A une époque d'appauvrissement général la pauvreté fait dresser les cheveux. Dans des temps comme ceux-là il n'y a pas de plus grand crime. Et la misère, c'est-à-dire les péchés, des pères sera frappée dans leurs enfants jusqu'à la je ne sais combien de génération, disons la centième. Si ce bon brave père avait su cela, mais n'en parlons plus. Passons à autre chose. Oh, le vieux chien hirsute dans ce roman. Mais que nous importent les romans d'autres auteurs. Il s'agit du nôtre ici, qui raconte comment il est bien possible que par moments le brigand fût vraiment devenu une fille, une sorte de petite servante. Je dis : par moments, et selon toute vraisemblance d'une façon seulement intérieure, grâce au don qu'il avait d'épouser les formes et vu qu'il était urgent pour lui de s'adapter doucement à toutes ces persécutions, chose qu'en gros il réussissait du reste à faire. Il étudiait les manières, les mines, les mouvements, les visages, les réactions des filles, avec des résultats qu'on peut carrément dire inouïs, quand il les imitait. Par exemple, quand on rit, quand on se moque des filles, elles aiment cela pour ainsi dire, elles trouvent cela amusant. Il observait très exactement ces caractéristiques et bien d'autres, et il s'en faisait comme une ceinture, une sorte d'arme. Il appelait cela en lui-même faire la gamine, et il gaminait donc gaiement sans arrêt. Sans pour autant rien perdre, il faut le faire, de sa santé mentale. Gaminer n'est naturellement pas facile, je ne voudrais conseiller à personne de s'y essayer, il faut terriblement faire attention à soi...

Pourquoi est-il devenu un brigand? Parce que son père était la bonté même, mais pauvre. Et c'est ainsi malheureusement que de temps à autre avec l'esprit pour seule arme il tranchait de la tête aux pieds des persécuteurs, à l'égard de quoi il assume sans murmure toutes ses responsabilités. C'est que le brigand a une nature trop fine pour posséder une grande conscience, il n'en a qu'une très légère, toute petite, il la sent à peine, et parce que c'est une conscience tellement ramifiée, tellement grimpante, elle ne le fait aucunement souffrir, ce dont bien entendu il se félicite de tout cœur. Quant à nous, jamais nous n'aurions osé parler de ces persécutions sans l'expresse déclaration de cet homme important chez lequel un soir le brigand prenait le thé et qui avait laissé tomber cette remarque : « Eh oui, mon cher, quand on se fait détester. » Avant la rencontre avec cet intellectuel le brigand ne se doutait encore de rien de « tout cela ». Le sexuel, ou l'intellectuel, l'avait mis en éveil. Le brigand reposait pour ainsi dire dans l'innocence comme dans un lit et dormait. Quant à moi, n'aimerais-je pas mieux laisser dormir un enfant comme lui, au lieu de lui verser dans l'oreille des remarques comme celle que je viens de citer, de le secouer fort avant de lui crier du haut de mon intellect : « Eh, lève-toi, il est temps » ? Et là, naturellement, le brigand ne pouvait que se lever, et le voici donc parmi nous. Sans cela on n'aurait jamais entendu parler de lui. Ah, quand une voix aussi charmante se fait entendre, peut-on ne pas se pencher, l'œil et l'oreille grands ouverts, au-dessus de la balustrade afin d'être plus près d'événements pareils à ceux qui avaient lieu dans cet opéra? Il s'agissait en l'occurrence d'un ange, vraiment, qu'un homme beau et puissant tenait prisonnier. L'ange, entre parenthèses, portait comme le veut la coutume orientale un ample pantalon à plis et ses chaussures étaient courbées et relevées au bout, c'était une sorte de pantoufles d'enfant, et très vite, je ne sais pourquoi, j'eus pitié du potentat; d'abord il se conduisait très, très bien et puis il devait bien savoir au fond de ses pensées combien peu pesait toute sa puissance. Il me faisait l'impression d'être en train de mourir d'une belle maladie, la neurasthénie. « Est-il impossible que tu m'aimes, très chère? » chantait-il. Et elle de son côté : « A quoi bon te répondre, puisque tu le sais. Tu sais tout aussi bien, entre autres choses, que mon libérateur est à deux pas d'ici et que tu ne peux rien contre lui malgré toutes tes richesses, et que ton rang et ta position se briseront contre son amour infatigable. Tu sens toi-même comme l'amour est haut et comme il est puissant. » Elle chantait toujours la même chose et c'était toujours nouveau, le même et pas le même, et à présent l'amoureux arrivait, et avec la fougue d'un vainqueur bien tempéré, avec une fougueuse retenue, il l'enlaçait en chantant, s'enlaçait dans son chant. Avant de pouvoir s'abîmer à ses pieds il devait donc tout d'abord chanter, il devait s'exercer à la beauté, il n'était pas question de l'enlacer avant d'être venu à bout de l'air de l'enlacement. Comme il s'abîmait alors dans son propre chant! Car l'objet de son amour était aussi l'objet de son chant, c'était son sentiment, son chant et son univers, son âme. Elle, c'était lui, et lui, c'était elle, et même s'ils devaient souffrir le malheur ensemble, ils resteraient ensemble, et même si cet homme puissant pouvait aussi bien les rendre plus heureux, un commandement écrit en toutes lettres les soustrayait à son pouvoir, et s'ils entraient dans le malheur, ce malheur était un bonheur pour eux, car l'amour est beaucoup, beaucoup plus que le bonheur, c'est une possession et une propriété, c'est l'impossibilité d'autre chose, une douce nécessité, un grandiose n'être rien, et finalement j'aurais donc ainsi donné quelques précisions sur cet opéra, et maintenant c'est au tour du médecin annoncé de me faire signe. C'est comme ça quand on promet beaucoup de choses. On doit ensuite courir pour rattraper ce qu'on a promis. Au tout début de son séjour ici, le brigand, notons-le en passant, se retrouva dans un jardin où il y avait une fontaine ornée de statues sous des arbres défeuillés. On était en mars. Et il était encore à cette époque comme un débutant qui n'a aucune idée du monde qui l'entoure, et après cela il gravit une colline et y vit un monument. C'était une pierre qui rappelait le souvenir d'un général et le brigand lut l'inscription tout en s'étonnant qu'aucun gardien ne vienne et ne fasse mine de le chasser. Non, personne ne le chassa. Il trouva cela très gentil de la part des circonstances. Eh oui, tout dépend beaucoup du tissu des circonstances. « Selon les circonstances », c'est un mot important.

Et le voici donc à présent devant le médecin, qui lui parut bienveillant. Le brigand aussi, du reste, était la bienveillance même. Du moins ici, pour le moment, dans le cabinet du docteur. Dans la salle d'attente il n'avait pas eu à attendre longtemps. Quelques hommes et femmes attendaient là. Et une folle, aussi. S'il était bien le brigand à la fameuse écharpe demanda alors en ouvrant brusquement la porte de la salle d'attente la servante du médecin. Il répondit affirmativement, sur quoi la domestique dit : « Dans ce cas monsieur le docteur vous prie d'entrer », sur quoi encore il posa la revue dans laquelle il avait lu et pénétra d'un pas vif dans une pièce voûtée haute de plafond, et assis devant lui il y avait donc monsieur le docteur, auquel il s'adressa ainsi : « Je vous confesse sans détour que de temps en temps je me sens comme si j'étais une fille. » Il attendit après ces mots que le docteur voulût bien s'exprimer. Mais celui-ci dit simplement à voix basse : « Continuez. » Le brigand expliqua donc : « Peut-être attendiez-vous que je vienne vous voir un jour. J'aimerais en premier lieu vous prier de voir en moi quelqu'un d'assez pauvre. Votre visage me dit que ce n'est pas grave, et ainsi donc apprenez, Monsieur, que je suis fermement persuadé d'être un homme tout comme un autre, mais que simplement, plusieurs fois déjà, c'est-à-dire dans le temps jamais, mais récemment oui, j'ai été frappé du fait que je ne ressentais en moi ni couver, ni se tramer, ni chercher son chemin le moindre désir d'agression ni de possession. Au demeurant je me tiens pour un assez brave homme, un homme tout à fait valable. J'aime le travail bien que je ne fasse pas grand-chose ces temps-ci. Votre calme m'encourage à vous confier encore ceci : je crois qu'il se pourrait bien que vive en moi une sorte d'enfant ou une sorte de petit garçon. J'ai un caractère peut-être un peu trop gai, d'où l'on peut conclure, n'est-ce pas, toutes sortes de choses. Quant à me prendre pour une fille, cela m'est arrivé quelquefois, parce que j'aime cirer les souliers et parce que les travaux du ménage m'amusent. Il y a eu un temps où je ne laissais à personne le soin de rapiécer un costume déchiré. Et c'est toujours moi qui allume les poêles en hiver, comme si ça allait absolument de soi. Mais une fille vraiment fille, naturellement je n'en suis pas une. Laissez-moi, si vous voulez bien, réfléchir un instant sur les raisons de tout cela. En premier lieu il me vient à l'esprit, là, maintenant, que la question de savoir si je ne serais pas par hasard une fille ne m'a jamais, mais jamais, pas un seul instant, inquiété, ni moi, ni le citoyen que je suis, ni non plus rendu malheureux. Vous n'avez aucunement affaire à un malheureux, j'insiste spécialement là-dessus, je n'ai jamais ressenti de souffrance ou de détresse à cause du sexe, car les possibilités très simples de me délivrer d'éventuelles pressions ne m'ont jamais fait défaut. Étonnante, c'est-à-dire importante à mes yeux, fut la découverte suivante que je fis sur moi : j'entrais dans une excitation amoureuse chaque fois que je m'imaginais en serviteur, peu importe de qui. Naturellement ces prédispositions ne sont pas déterminantes à elles seules. Je me suis demandé beaucoup de fois quelles circonstances, relations, milieux pouvaient m'influencer, mais sans véritable résultat. Les pianistes virtuoses, en particulier, se sont révélés mes ennemis, je ne sais naturellement pas comment cela se fait. Contre un certain désir de me soumettre à quelqu'un, femme ou homme, j'ai dû lutter très fort depuis toujours, c'est-à-dire non, pas depuis toujours, mais seulement ces derniers temps, principalement, comme si j'avais dû attendre ces derniers temps pour sortir d'une espèce d'ignorance. A me voir comme cela je jouis d'une santé parfaite. Sauf en une occasion où une bêtise d'enfant m'avait valu une blessure au visage, je n'ai jamais encore été chez un médecin, mais comme cela ne m'attirait jamais de passer la nuit avec une femme, je me suis dit que je devrais bien un jour demander l'avis d'un médecin, et une fois encore je vous prie d'être un tout petit peu patient pendant que je réfléchis, car je voudrais éviter de vous dire des choses qui ne sont pas vraies, et vous comprendrez qu'il est difficile de s'expliquer l'inexplicable. Je suis quelqu'un qu'on peut mettre où l'on veut, par exemple au fond d'un puits, dans la mine ou au sommet d'une montagne, dans une maison de maître ou dans une cabane. Je suis d'humeur très égale, ce qui naturellement a souvent été confondu avec l'indifférence, le manque d'intérêt. On m'a fait d'innombrables reproches. De tous ces reproches je me suis fait comme un lit sur lequel je m'étends, ce qui est peut-être très injuste de ma part, mais je me suis dit que je devais me rendre la vie confortable parce que l'inconfort sous toutes ses formes pourrait bien m'accabler un jour et que je devrais alors faire le poids. D'une certaine façon, cher docteur, je peux tout faire, et peut-être que ma maladie, si l'on peut nommer ainsi mon état, consiste à trop aimer. J'ai en moi une provision d'énergie amoureuse effroyablement grande, et chaque fois que je mets le pied dans la rue, je me mets à aimer n'importe quoi, n'importe qui, et c'est la raison qui fait que je passe en tout lieu pour un homme sans caractère, ce qui ne devrait pas manquer, s'il vous plaît, de vous faire un peu rire. Je vous remercie beaucoup de l'expression sérieuse que vous voulez bien garder malgré cela sur votre visage et je vous assure qu'une fois à la maison, occupé à quelque chose qui réclame de l'intelligence, j'oublie tout cela, que je me sens loin, et content de l'être, de cette espèce d'amour du monde et des gens. J'ai donc une disposition principale qui me pousse à être gentil avec les gens, à rendre service, etc. Dernièrement il m'est arrivé avec une femme d'un milieu tout simple de lui porter son filet plein de pommes de terre nouvelles et de la suivre avec un empressement fou. Elle aurait aussi bien pu le porter elle-même. Et puis, il y a encore ceci : un trait particulier de ma nature que j'ai découvert, et qui me pousse parfois à chercher aussi une mère, une maîtresse d'école, ou pour mieux dire, une femme qui personnifie l'inaccessible, une sorte de déesse. Parfois je trouve la déesse du premier coup mais parfois aussi cela dure très longtemps avant que je puisse me la représenter, c'est-à-dire avant que je ne lui trouve sa forme sereine, bienfaisante et que je sente son pouvoir. Pour parvenir au bonheur, il faut que je me raconte une histoire que j'invente et où j'ai affaire à la personne en question, en étant toujours celui qui a le dessous, qui obéit, qui se sacrifie, qu'on surveille, qui n'est pas libre. Naturellement il n'y a pas que cela, il s'en faut, mais cela éclaire quand même pas mal de choses. Beaucoup de gens croient du coup qu'il est terriblement facile de me prendre en main, de me dresser, pour ainsi dire, mais tous ces gens-là se trompent copieusement. Car chaque fois que quelqu'un fait mine de jouer les petits chefs avec moi, il y a quelque chose en moi qui se met à rire, à se moquer et là, naturellement, il n'est plus question de respect, et à la place de celui qu'on pensait inférieur surgit le plus fort, que je ne rejette pas de moi quand il se présente. L'enfant en moi n'accepte absolument pas d'être méprisé et pourtant il aime bien aussi, quand c'est le moment, qu'on lui fasse la leçon. Je vous fais ainsi témoin d'une contradiction, et j'ajoute que le petit garçon en moi se montre très souvent mal élevé, ce qui m'amuse, naturellement, mais enfin, à présent, avec toutes ces complications de ma nature, j'aime une fille, je l'aime d'un cœur pur, puissamment mais avec douceur, comme il convient à un brave homme, seulement mes sens restent absolument tranquilles dans cette occasion, et c'est pourquoi aussi je reste devant elle impuissant. Mais cette impuissance je ne la reconnais nullement, c'est-à-dire qu'elle n'a aucune importance pour moi, et pourtant elle joue son rôle, elle est décisive, tout en ne décidant rien du tout, mais cela non plus ne me rend pas malheureux... — Soyez comme vous êtes, continuez à vivre comme vous avez vécu jusqu'ici. Vous semblez très bien vous connaître, vous vous arrangez très bien de vous-même », dit le docteur en se levant de son siège. Puis il bavarda encore un peu avec le brigand sur d'autres sujets, lui dit qu'il était ravi de le connaître et l'invita à lui rendre visite de temps en temps, le conduisit dans sa bibliothèque et lui fit choisir un livre à emporter. Comme le brigand lui demandait ce que coûtait la peine que le docteur avait prise, il dit : « Y pensez-vous ! » Mais de quoi parlaient les deux filles dans la galerie des glaces ? Heureusement que nous y pensons.

Je conserve donc en tout cas la direction de cette histoire de brigand. Je crois en moi. Le brigand ne me fait pas trop confiance, mais je ne tiens pas absolument à ce que d'autres croient en moi. Il faut d'abord que j'en sois moi-même capable. « Je crois en vous », m'a dit une femme un jour, mais j'ai pris ce mot simplement comme une sorte de caresse, peut-être sincère. L'opinion de cette femme était donc qu'elle croyait en moi, mais qu'est-ce qu'une opinion ? Les opinions peuvent changer très vite et la croyance obéit à l'opinion. Nous avons tort de dire à quelqu'un une chose de ce genre, car comment pourrions-nous mesurer les difficultés qui attendent celui en qui nous croyons et qui doit désormais pour justifier cette croyance combattre toutes ces difficultés ? Ainsi, simplement pour ne pas nous décevoir, il ne devrait plus avoir une heure tranquille. Pour l'amour de notre croyance ou simplement parce que nous avons dit que nous croyons en lui, il devrait en toutes circonstances, y compris les plus difficiles, tenir bon et remporter un succès colossal, ou alors un échec colossal, durable, finir sur la croix. J'ai dit à la femme que je lui étais reconnaissant mais que je serais plus content encore si elle voulait bien renoncer à sa croyance-en-moi. Cette façon de croire en quelqu'un, n'est-ce pas terriblement commode ? Il y a toutes les manières, y compris les plus nulles, de croire. On peut être soi-même moins que rien sur tous les plans et croire malgré tout gentiment, pieusement, en quelqu'un, en quelqu'un de bien, naturellement, de brave. On peut manger son chocolat tout en continuant à croire sans la moindre gêne en une personne qui, elle, n'a peut-être rien du tout à manger. Croire ne coûte absolument rien, n'est-ce pas. La croyance et la déclaration qu'on en fait ont causé au moins autant de dommage qu'elles n'ont apporté d'aide. « Je crois en toi », avec ce ton sérieux, comme si l'on pouvait attendre des miracles d'un tel croyant, comme s'il était l'essence et la lumière à lui tout seul, ou carrément le bon Dieu. Si je me casse la jambe, cela va m'aider que quelqu'un m'ait dit un jour « Je crois en toi » ? Allons donc. Il n'en saura rien, il ne sait rien du tout de mon état. Je ne parle absolument pas ici de la croyance au ciel. Je n'ai pas le droit de m'exprimer théologiquement. Possible aussi que j'en aie le droit, mais ce sont les raisons alors qui me manquent. La religion ne fait pas partie des choses qui m'intéressent. Je ne parle que d'une manière de s'exprimer qui a plutôt quelque chose de salonnard. « Je crois en toi. » Je veux bien qu'un homme croie tout son soûl en son prochain, mais ça ne sert pas à grand-chose et ce n'est pas non plus très malin. A supposer qu'une mère de famille ait pour mari un ivrogne ou encore pis, et qu'elle lui dise quand même « Je crois en toi », et en plus le pense vraiment, il est probable que cette femme me ferait sourire, mais en même temps je lui trouverais quelque chose de beau, quelque chose de touchant. Mais si au nom de la croyance je ne dois rien laisser passer, alors elle n'est pas du tout ce qu'elle prétend être. Ce n'est qu'un geste condescendant et non pas ce qu'il faut comprendre sous ce mot de croyance. Celui qui croit vraiment, au point que cela l'oblige à lutter avec lui-même, celui-là n'en parle plus, ne dit plus un mot là-dessus, il y croit, voilà tout, il souffre et il croit. Mais il faut reconnaître que c'est une chose assez rare, impossible sans une nature noble, qui n'a rien à voir avec le dévouement du chien qui, lui, est une disposition naturelle et non pas un travail de la pensée. Il est clair que le croyant ne peut être que silencieux. On tue la croyance en parlant d'elle. Mais même alors la croyance n'est jamais qu'un état d'âme très simple, commun, qui court les rues littéralement. Et qui n'apporte rien, absolument rien, pas la moindre chose. On se tait et on croit. Comme si on tricotait machinalement une chaussette. En rêvant, en se laissant aller. On a confiance tout simplement, on s'est installé dans un nid à convictions, comme un petit oiseau dans le sien, ou comme dans un hamac qui se balance, en remuant l'odeur de bonnes pensées. Oser prendre l'initiative de s'adresser à quelqu'un, de le secouer, de le prendre par le cou et de lui dire voilà le chemin que tu vas suivre et le parcours que tu vas me faire, c'est moi qui le veux, moi, ça, cela vaut quand même mieux. Il peut sortir quelque chose de cela, au lieu que la croyance par elle-même ne rend aucun service, étant donné que celui en qui je me contente de croire n'a que lui-même pour s'aider et que je lui suis par conséquent complètement égal ou en tout cas sans grande importance. J'aime mille fois mieux qu'on ne croie pas en moi, car ça ne vous lâche plus ensuite. On a le sentiment de traîner quelque chose après soi. Beaucoup de gens déjà ont eu cela à traîner, d'avoir été aimé. On a cru en eux, on les a honorés et à la première défaillance on les a commodément et bel et bien laissés tomber, en prenant le ciel à témoin de la déception causée par la faute de ceux qui avaient pour devoir d'atteindre un prix inestimable. Elle croyait en moi, et au même moment ou peu avant, dans un accès de mauvaise humeur, cette femme avait dit sur un ton provocant : « C'est bien à vous de parler comme ça ! Vous seriez content si vous étiez ce que vous voudriez être. » Si tu ne t'occupes pas d'eux, ils croiront en toi. Si donc tu veux qu'ils croient en toi, ce qui n'est pas désagréable le cas échéant, oublie-les. C'est eux qui se souviendront de toi. Si tu as besoin de leur croyance, ils n'en auront aucune, parce qu'à ce moment-là elle ne serait pas la chose commode qu'elle veut être et ce que par nature elle est toujours : un plaisir. Chez les puissants, dans les salons, disons, la croyance est tout simplement un passe-temps raffiné. Dans le peuple elle peut s'accompagner de restrictions, de privations, mais elle reste là aussi quelque chose d'inférieur, d'improductif. Le brigand ne croyait pas en Édith, pas même d'un petit doigt, mais il l'aimait. L'amour est un royaume pour soi qui a simplement une frontière commune avec les terres de la foi et de l'espérance. Si c'était la même chose il n'y aurait qu'un seul mot pour la dire. L'amour est quelque chose d'absolument indépendant. La foi, c'est comme un manque. L'espérance mendie. Le brigand n'avait besoin ni d'espérance ni de foi. Il avait besoin d'une chose à lui, et il la possédait.

Si fade, si ennuyeuse à regarder, sa propre misère, si intéressante, au contraire, celle des autres. Ces deux habituées du restaurant, par exemple, comme elles paraissaient pauvres finalement aux yeux du brigand. Elles étaient toujours là comme en quête d'un petit bout de bonheur. Oui, c'est l'impression qu'elles donnaient. « On ne devrait jamais avoir l'air de désirer, de demander à vivre, de demander d'une façon générale, pensait-il, ça ne fait pas bon effet, et nous devons aussi constamment que possible paraître tels qu'on puisse nous estimer, nous trouver sympathiques. Ceux qui ont toujours l'air en quête d'amour ne trouveront aucune grâce, aucun amour, on se moquera d'eux. Ceux qui reposent sur eux-mêmes, ronds et entiers, qui s'acceptent comme ils sont dans leur existence, qui donnent une impression d'équilibre, ceux-là sont aimés. Mais aux autres, ceux qui semblent manquer de quelque chose, on aura sans même y penser plutôt envie de prendre que de donner, parce que le monde est comme ça, et ça ne changera jamais. Celui qui paraît content de ce qu'il est et de ce qu'il a des chances de recevoir en plus, il éveille la générosité, car on voit qu'il sait posséder, et c'est une chose qu'il faut savoir faire. Quelle compassion il éprouvait pour ces deux dames qui n'en étaient pas, car il faut peu de chose, mais c'est beaucoup, pour être une dame. Une femme qui veut être une dame doit d'abord se faire rare, ne pas trop souvent s'exposer aux regards, et ainsi naîtra l'impression ou la croyance qu'elle est toujours prise, qu'elle est, de la manière sans doute la plus charmante et la plus intelligente, occupée quelque part, qu'elle se divertit ici ou là en compagnie de gens gais et spirituels, qu'elle fait peut-être un voyage ou qu'elle joue au tennis sous un beau soleil, qu'elle est assise dans un fauteuil, ses jolis pieds posés sur un petit banc, ce qu'on peut bien se représenter sans la moindre peine. Occupée à un ouvrage, ou lisant dans une revue sérieuse ou pas sérieuse, voilà aussi comme on verrait bien une vraie dame, bref, on doit être quelque chose dont le commun des gens peut bien un peu rêver. Quand ce commun des gens ou un garçon commun voit sans arrêt la personne en question, il ne pense pas à elle, ou s'il le fait, c'est comme on le fait communément, il se met sans le vouloir à la critiquer, il l'effiloche, il la dissèque et avec tous ces effilochages, ces examens, ces mises en pièces, il la rend toute petite, si bien qu'à la fin elle paraît méprisable, et tout cela uniquement parce qu'elle s'est trop fait voir de lui. Il y a du reste dans cette façon qu'ont les messieurs d'examiner, de regarder les femmes quelque chose d'à la fois pitoyable et laid. Ces yeux qui se promènent sans gêne, sans respect, en suivant uniquement les contours, c'est quelque chose de non seulement dépourvu d'intelligence et de bonté mais de franchement destructeur, parce que c'est contre l'amour, et qu'il y en a beaucoup qui font cela dans la rue ou dans les toilettes, une femme qui veut rester fine et aimable doit absolument le savoir, et le sachant, ira le moins possible dans ces sociétés de rencontre où depuis les Romains et les Grecs l'indifférence, l'irresponsabilité donnent le ton. Les bonnes manières ne cesseront jamais d'être quelque chose d'extrêmement important, et ce ne sont pas des manières qui s'accordent avec la délicatesse que de se promener comme cela sans cesse et partout, car ne pas choisir, ne pas réfléchir, cela rend forcément grossier, et puis la monotonie, l'habitude, l'usure, croyez-moi, cela se met vite aussi dans les traits du visage et dans tous les gestes, dans la façon de parler, bref dans toute l'apparence extérieure. Or la femme qui veut vraiment être une dame doit constamment avoir autour d'elle comme un parfum de nouveauté, d'innocence, de raffinement dans les soucis qui l'occupent, de largeur dans ses pensées, je ne parle pas de pensées savantes mais des pensées naturelles, en rapport avec les gens, et si j'ai dit avoir comme un parfum, j'aurais pu mieux dire respirer, ou plus heureusement encore, avoir l'air et le ton. Qu'elle soit comme un beau dessin et qu'elle aille comme un poème, comme une phrase que personne n'a encore jamais lue, qui n'est pas encore connue de tout le monde malgré sa valeur. Une dame porte en elle l'intact, et aussi bien elle n'a pas à personnifier l'irréprochable, il suffit qu'une certaine lueur noble la distingue d'autres femmes, et ce qu'il y a de plus noble pour chacun, c'est bien que quelque part et de quelque manière il se rende utile ou goûte le plaisir et qu'il vive tranquillement sa vie et lentement mûrisse comme le fruit de l'arbre sous l'abri des feuilles, et les gens qui aperçoivent une femme comme cela, sans le vouloir prennent eux-mêmes quelque chose de cette noblesse, sans le vouloir et par la seule vue de l'apparition apprennent quelque chose, sont immédiatement capables d'un geste, d'un regard exprimant le respect, car le respect est la base, il est le pilier, ou bien disons les fondations sur lesquelles repose la société. Très banal et presque un tout petit peu trop intelligent et vrai ce que je dis là. Comme je regrette ! Il faut absolument que j'aille chez Selma, elle a quelque chose de la dame qui veut en être une. Oh ses façons de dame, le jour où elle dit au brigand : « Ne vous permettez plus jamais une chose pareille ! » C'était divin de voir à quel degré elle avait poussé l'art de l'anéantir, tout simplement, par son seul regard. Elle était en train d'épousseter son bureau, lui derrière elle tout près, et ne trouvant rien de mieux à faire il lui passa le bras autour de la taille. Elle se retourna vers lui, horrifiée, et se tut deux bonnes minutes. Que n'y avait-il pas dans ces deux terribles, ces deux longues et pourtant si courtes minutes ! Un monde de réflexions. Finalement elle trouva, elle sut comment se comporter et dit les paroles citées plus haut, qui eurent l'effet de le rendre petit, tout petit. « Quelqu'un comme vous, ajouta-t-elle, n'a aucun droit à des manières d'homme du monde. » Il ne se le fit pas dire deux fois, il lui suffit d'avoir dû l'entendre une fois seulement, et rempli de gêne mais aussi de la plus ferme détermination il dit à son tour : « Vous possédez un corps léger. » Elle cria : « Je possède quoi ? » Et elle le toisa de nouveau deux autres bonnes minutes du bleu magique de ses yeux qu'elle tenait d'une excellente famille, et lui se laissait tranquillement toiser tout en la regardant avec une grande amitié, lorsqu'elle sortit enfin de sa bouche : « Vous êtes quand même un bon garçon. Il faut que je vous le dise. Vous pouvez donc éventuellement, si l'occasion se présente, réessayer ce que vous vous êtes permis aujourd'hui. — Alors je ne le ferai plus jamais, puisque vous m'y avez autorisé. » Et là-dessus elle partit de nouveau de son rire aigu et, dans le même moment, il entendit les pas légers de l'étudiante dans le corridor, et d'une façon très étrange l'étudiante dont il percevait simplement les pas, qu'il ne voyait pas, donc, qu'il entendait seulement, devint pour lui une dame. En l'espace d'un trimestre il la vit en tout peut-être quatre fois. « Elle n'a aucun ordre. Croyez-vous qu'elle serait capable ne serait-ce que de faire son lit ? » C'est là ce que disait mademoiselle Selma au brigand dont elle avait remarqué le respect qu'il témoignait à l'étudiante, une chose qu'elle n'aimait pas beaucoup. « Pourquoi une dame devrait-elle absolument avoir une chambre en ordre ? rétorqua-t-il. — Une dame ? Pour cette remarque, qui ne peut m'inspirer que le plus profond mépris, vous mériteriez que je vous mette à la porte. Qu'est-ce que c'est que cette audace ? Il n'y a dans cette maison qui est la mienne qu'une seule personne du sexe féminin habilitée à porter sur ses bagages le titre de dame, et cette personne, c'est moi, vous m'avez compris ? Et vous pouvez être heureux d'habiter chez moi. » A mesure qu'elle parlait un indescriptible contentement de soi illuminait les traits de son visage qu'elle avait hérités d'un excellent milieu, avec les forces qu'elle se sentait elle passa même à l'offensive, poursuivant ainsi : « Le trou que vous m'avez fait avec votre manie de fumer dans la couverture de mon sofa sera compté dans la note, pour que vous le sachiez. Et pour vous consoler je vais vite maintenant vous chercher un roman dans lequel je vous engage à vous plonger. » Elle sortit, revint avec le livre en main, et le brigand commença le même jour à le lire docilement, mais le contenu du livre le lassa et nous allons tout de suite dire pourquoi. Dans ce livre des femmes qui avaient toute raison, semblait-il, de rester modestes, étant juste capables de pianoter quelques sonates, etc., en suivant la partition, et pour le reste d'aller par exemple faire les courses au marché, étaient élevées sans exception au rang de grandes dames, ce qui sonnait faux. « On en fait un peu trop ici avec la classe bourgeoise, c'est trop d'aplomb » et le brigand se permit de bâiller. Quelque chose qui de soi-même ne faisait pas le poids gonflait et montait à la surface dans ce livre. Dieu, que ces petits personnages, encouragés par leur auteur, se faisaient importants. Si mademoiselle Selma avait entendu ce qu'il se disait là en lui-même, elle aurait dû une fois de plus monter sur ses grands chevaux, mais il garda ses impressions pour lui. Et il dit encore : « C'est le type de livre qu'on écrit pour tous ceux-là qui ne connaissent pas la vie, un de ces livres malheureusement nombreux qui sèment l'orgueil dans les destins modestes. »

Les officiers qui se conduisent dans les établissements publics d'une façon discourtoise, bruyante, offensante pour la dignité, devraient se voir immédiatement privés de leur grade. Parole colossale en ce temps d'après-guerre qui brille par sa vulgarité d'esprit, qui espère regagner par l'impertinence ce que l'entêtement lui a fait perdre. Des officiers qui ne croient pas utile de savoir ce qui se fait et ce qui ne se fait pas ont leur place à l'écurie, point. Drôlement courageux ce que je dis là, non ? Le papier le supporte, savoir si ce sera aussi le cas plus tard du lecteur moyen, c'est une autre question. Avec le brigand mademoiselle Selma y revenait toujours, à son officier. Celui qu'elle aimait sans espoir était précisément un officier. « Et pourquoi ne vous épouse-t-il pas finalement, puisque vous vous entendez bien et qu'il y a déjà si longtemps que vous sortez ensemble ? » Oh, naïve question. D'effroi mademoiselle Selma frappa dans ses mains, qu'elle tenait de si bonne souche. « Il est impossible qu'il m'épouse, voyons, en tant qu'officier il est tellement au-dessus de moi. Vous n'y pensez pas. — Vous vous trouvez donc si négligeable comparée à un officier ? — Les officiers et moi, répondit Selma, c'est bien simple : il me suffit de seulement songer à un uniforme d'officier pour que je me mette littéralement à trembler. L'avenir n'a plus rien à attendre de bon hors ce qui viendra des officiers et, à la rigueur, de soldats qui vont au feu avec joie pour leurs officiers. Vous me croyez un peu toquée et peut-être le suis-je aussi. Mais avez-vous le droit de me percer à jour ? Non, pas le moindre. La reconstruction de la civilisation, pour tous ceux qui ont les idées claires et qui ont surtout un cœur, passe par la sanctification du grade d'officier. N'avez-vous pas en mémoire ce que les officiers ont su faire d'impossible pendant la guerre ? Ils ont fait tout leur possible pour accomplir l'humainement impossible, et cela, ce n'est pas tant, par exemple, d'avoir mangé le pain destiné à leurs troupes, mais de l'avoir vendu, ce pain qu'ils avaient le devoir de donner à leurs soldats, à des trafiquants, pour avoir en échange du champagne, dont la consommation leur semblait importante pour la défense de la patrie. Mais qu'est-ce que je dis là dans la distraction la plus complète ? Oubliez ce que j'ai dit là. Vous êtes une âme candide, n'est-ce pas ? Bon, eh bien, en tant que cette âme candide que vous êtes ou que du moins vous semblez être, vous devez absolument vous plonger jusque par-dessus la tête dans la vénération due aux officiers, jamais encore ce n'a été autant qu'aujourd'hui le devoir des gens comme il faut. Chaque époque a sa folie, son délire, et notre époque a cette folie-là, elle a le délire des officiers, et bien entendu, en tant que la bonne âme que vous voulez être, n'est-ce pas, vous devez courageusement faire comme les autres, même si vous devez y laisser votre bonheur. Nous, les demeurées demoiselles, nous sommes là pour contribuer à ce que le monde marche sur la tête, que la sottise triomphe et que la saine raison soit mise sous le joug. Vous comprenez certainement tout cela très bien. — Je suis ébloui d'admiration devant le paquetage de votre esprit, chère mademoiselle Selma, et je veux à l'avenir m'agenouiller en pleine rue chaque fois qu'un de ces messieurs les officiers s'approchera d'un pauvre diable comme moi. — Vous ferez bien. Il y a aujourd'hui une sorte de catholicisme en route, partout où on jette les yeux. La croix est dressée. Que chacun la prenne de plein gré sur lui. — C'est merveilleusement profond ce que vous dites là », dit le brigand avec sincérité. Il était à présent tout ouïe pour les discours de mademoiselle Selma. Par instants il pensait à vrai dire aussi à la marginale, qu'on ne voyait plus. Mais pendant qu'avaient lieu ces entretiens comiques entre Selma et le brigand, la pauvre petite Wanda vivait dans la plus recluse des retraites. Elle était devenue la fable de la ville, elle pensait qu'elle n'avait plus le droit de se montrer. Ses parents exerçaient sur elle la plus rigoureuse surveillance, car ils étaient conservateurs et ne prenaient pas peu au sérieux l'opprobre dont les avait couverts leur enfant en s'arrêtant en pleine rue pour écouter un brigand. Ah, délicatesse! Et l'impoli ne voulait absolument plus chanter de chanson devant sa maison depuis le jour où elle lui avait crié du balcon : « Dis donc, qu'est-ce que tu viens faire ici? » Et à présent une fois par semaine elle recevait les verges. Les verges, en effet, après la si grande catastrophe morale qu'a représentée pour beaucoup de gens la guerre mondiale, ont été réintroduites comme avertissement dans différentes maisons. Cela faisait cent ans qu'elles étaient en sommeil, dans l'oubli. Wanda fut punie parce qu'elle s'était fait remarquer dans la ville et parce que le brigand ne voulait plus écrire de poèmes dédiés à sa beauté. On la passait souvent sous une douche glacée, et quand cela avait trop peu d'effet, on la mettait dans une cage en verre sur le toit et sous un soleil brûlant pour la roussir. Et tout cela à cause de ce maudit coureur de filles, ce brigand, qui pendant ce temps-là jouait tranquillement chez Selma le type curieux, un rôle qui manifestement ne lui déplaisait pas. Elle lui tenait des kilomètres de discours, qui tombaient en panne de temps en temps, quand son esprit qui avait pas mal dérapé auparavant lâchait prise. En parlant elle tirait constamment sur les boutons de sa mantille. Une fois elle lui dit : « Il n'est pas impossible que je vous autorise à épouser ma bonne Marie, car m'épouser, moi, c'est impossible, je n'ai que des officiers en tête et vous n'avez jamais pu atteindre ce degré d'honneur ni donner ces preuves de mérite. Si je devais vous unir à Marie, qui croit aveuglément à ma beauté, dont il m'est permis de dire qu'elle a un peu souffert avec le temps, permis à moi, et non pas à vous, car je pourrais me fâcher, Marie ne serait pas à vous pour autant, elle continuerait à m'appartenir exclusivement et je ne cesserais pas de la considérer comme mienne, absolument et sans discussion mienne. Que vous la touchiez, l'approchiez, il n'en serait jamais question, tenez-vous-le pour dit. — Je suis désormais à ce point dénué de tout ce qui s'appelle considération que j'accepte volontiers, si étroitement boutonnée qu'elle soit par ailleurs, cette condition. Marie n'est pas des plus jeunes ni des plus jolies, et si je n'ai pas besoin de la toucher, pas même de l'effleurer, fût-ce d'un souffle, cela ne pourrait que soulager mon âme. Elle a des os très durs, très rudes, et elle a une façon de saisir qui est d'une manutentionnaire, si donc vous lui défendiez à son tour de me saisir durant notre mariage, qui pourrait s'en réjouir davantage que celui qui en ce moment même se tient dévotement devant vous? — Il ne serait pas question de caresses ni de baisers. — Ce ne serait pas non plus absolument nécessaire. Ses joues sont un peu anguleuses et si je lui prenais la tête, comme on fait dans ces moments de tendresse, elle pourrait perdre ses cheveux car sa calvitie totale l'oblige à porter une perruque, qui ne lui va pas trop mal. — Vos insolences en ce qui concerne Marie me font plaisir à entendre, car j'avais déjà craint que vous ne l'aimiez bien. — Oh, j'ai pas mal d'estime pour elle, d'une certaine manière, malgré la légèreté que je mets à en parler ici. » Les yeux de Selma se mirent à lancer des éclairs et sur le ton de la punition elle s'écria : « Dans ce cas vous ne l'aurez pas, d'aucune manière. Je ne vous l'aurais donnée, et vous à elle, que si vous n'aviez pas pu vous souffrir. Je vais vous apprendre, moi, à sympathiser. » Mademoiselle Selma était incapable de se représenter des ménages heureux sans éprouver aussitôt de la mauvaise humeur, en revanche ceux qui s'étaient écroulés, tombés en ruine, jetés à bas par les vents de la discorde, formaient dans sa tête une jolie collection qui lui procurait un plaisir non négligeable quand elle y pensait. Si Selma disait : « Le bonheur n'existe pas, c'est le devoir qu'on doit suivre », dans son for intérieur cela signifiait : « Je ne l'ai pas trouvé et par conséquent les autres ne doivent pas le trouver non plus. » On peut dire que Selma avait ensorcelé le brigand. Quels moyens avait-elle donc employés ? Oh ! comme nous nous sentons au moment où nous gribouillons tout cela étrangement paresseux ! Comme si Selma nous avait pris nous aussi sous son charme. Mais nous nous faisons violence et nous nous reprenons. La douce nature d'Édith était passée pour ainsi dire dans le brigand, il parlait gentiment et poliment comme elle, comme il l'avait vue faire. Son plus grand plaisir était d'imiter ses mouvements et ses gestes, et Selma sentait tout cela; aussi trouva-t-elle le courage de lui dire : « Désormais j'entre dans votre chambre comme si c'était la mienne, sans frapper à la porte pour m'annoncer. Je considère que vous êtes d'accord avec cette mesure », et c'est ainsi qu'il arriva quelque chose d'inouï. Le brigand était étendu, profitant du beau soleil qui brillait si chaudement sur son étrange univers, déshabillé, sur le sofa, et lorsque Selma entra, ayant déjà sur les lèvres qu'elle avait laissé la brosse à habits dans la chambre et qu'elle venait la chercher, elle vit ce qu'il lui coûta presque la vie d'avoir vu, pétrifiée, médusée, comme si un abîme s'ouvrait devant elle. Elle n'émit aucun son. Elle faisait penser à un malheureux enfant qui s'est perdu dans la forêt, elle qui faisait son ordinaire de belles manières d'officiers; elle se contenta enfin de secouer la tête en disant : « Comment peut-on », puis s'éloigna en silence. De ce jour elle prit soin comme par le passé de frapper chaque fois à la porte avant d'entrer dans la chambre. Une certaine timidité s'était glissée en elle, mais avec le temps elle se dissipa. Ridicule, cette façon de demander des comptes au brigand de sa conduite d'alors. Cela ne marchera pas, je le dis carrément. Il y avait alors juste derrière lui un officier qui faisait du tapage pour le déranger, pour l'arracher à son bien-être. Lui était assis là bien sage comme un petit garçon. Édith lui servit du vin. C'était du Neuchâtel. Un morceau de bouchon était tombé dans la bouteille. Elle s'en alla avec la bouteille pour en extraire le morceau de bouchon, non, ça ne se fait pas, pour aller chercher une autre bouteille. Plusieurs messieurs donc se mirent à faire du chahut derrière son dos d'une façon provocante, et parmi ces messieurs se trouvait un officier. A la fin le brigand perdit toute envie de continuer à se conduire sagement comme un gamin stupide au milieu de gens dont la conduite ne pouvait en aucun cas passer pour convenable, et c'est alors que dans un mouvement de colère il jeta, comme cela, devant lui, son pourboire à Édith, laquelle de son côté en resta comme pétrifiée. Mais c'était une conduite toute naturelle. Sa colère était justifiée, on avait fait exprès de le provoquer. Le brigand n'a envers aucun officier, fût-ce le plus haut gradé de la terre, d'excuse à présenter. Il serait plutôt prêt à cogner. Et s'il le fait, il se pourrait même bien que je l'aide de bon cœur. Cet officier a tout simplement déshonoré son corps. Mais en cette autre occasion où il avait jeté sur le papier simplement écrit au crayon un mot bref de salutation, on pourrait davantage parler de grossièreté. Mais qu'est-ce que cela fait finalement? Il avait été un peu fougueux, et pourquoi n'aurait-il pas dû l'être ? Notre histoire n'a absolument rien à voir avec l'armée, elle se passe entièrement dans le cadre de la société civilisée. L'histoire des verges reçues par Wanda est une plaisanterie. Il n'empêche que précisément à notre époque les verges ne feraient peut-être pas de mal à quelques filles. Mais que j'aimerais être celui qui serait chargé de la correction, je le nie. Il y eut aussi le jour en ce temps-là où le brigand avait acheté une belle poire, bien juteuse. Avec cette poire il s'approcha de Wanda presque comme s'il voulait parader devant elle avec cette bonne chose à manger. Et elle, en réponse, le menaça de son index. L'index aura été presque du même genre de plaisanterie que pour nous les verges. « Comment as-tu osé me le voler ? » était donc la question adressée à Édith dans la galerie des glaces. Nous croyons toujours qu'on nous vole quelque chose. Petites âmes que nous sommes.

La moyenne, c'est peut-être en fin de compte quelque chose d'italien. Je vais tout de suite y revenir. Certains trouveront cette parole étrange. Je les prie de bien vouloir y songer entre-temps. La nuit dernière j'ai été impeccable. Pendant longtemps je n'arrivais pas à m'endormir, plus exactement, mes yeux se fermaient d'eux-mêmes constamment, mais malgré cela je ne trouvais pas le sommeil. J'étais étendu là dans le silence, presque comme une sorte de prince dans un film, avec mes gardes tout autour de moi, qui naturellement ne se montrent attentifs à rien autant qu'à la tenue. Pour m'endormir tout à fait je m'efforçais constamment d'ouvrir grands les yeux. Et tout d'un coup voilà que j'étais plongé dans le sommeil. Donc pour s'endormir, qu'on fasse tous ses efforts pour rester éveillé. Pour pouvoir aimer, qu'on fasse tous ses efforts pour ne pas aimer. Et alors d'un coup on aime. Pour parvenir au respect, qu'on soit quelque temps irrespectueux, après quoi le besoin de respecter se fera sentir, je vous donne ces excellents conseils tout à fait gratuitement. Essayez de les suivre, non par obéissance mais pour votre plaisir et votre avantage, car on donne des conseils pour rendre heureux, pas pour que le conseil lui-même soit apprécié, encore qu'en l'appréciant on agisse, et agir a pour conséquence qu'on se sent bien. Et là une véritable mer de pensées m'entourait de lueurs, de secousses. Du contenu de mes pensées de la nuit je ne sais régulièrement plus rien le matin. Le matin je pense du nouveau. Ah, comme il est clair pour moi désormais que dans toute cette histoire il n'y a d'autre coupable que la juste moyenne de cet oncle de Batavia. D'où a-t-il eu ce bon sens, cette façon raisonnable de dire adieu au monde ? Sa disparition est assurément une des plus hautes expressions de la juste moyenne qu'il y ait jamais eu. Il est mort au si effroyablement bon moment, ni trop tôt, mais ni trop tard non plus. Il a toujours été un homme très sage, cet oncle, et est-ce que l'argent qu'il a laissé au brigand n'est pas lui-même d'une certaine façon l'exemple absolument probant d'une juste moyenne? Pour le brigand il vint si extraordinairement à point. Le petit capital en tombant entre les mains du brigand mettait en quelque manière dans le mille. Notre objet a l'intention, soit dit en passant, de faire cet automne un voyage à Paris d'environ dix, quinze jours. Il songe à accompagner là-bas en galant homme une parente, c'est-à-dire quelqu'un qui s'est toujours inquiété pour lui, afin de faire plaisir à cette femme, qui est une femme du peuple. Elle a une passion pour Paris, et le brigand aussi naturellement, de même que tous les gens intelligents et conscients ont une passion pour cette grande ville, où tant de choses, et de si importantes, se sont déjà déroulées. Qui sait, peut-être aurait-ce été mieux pour le brigand si ce maudit sage oncle de Batavia était gentiment resté en vie. Mais le fait est qu'il s'est retiré dans l'au-delà et que cette somme d'argent passa dans les mains du brigand, lequel pouvait à présent, fort de cet argent, jouer au galant homme, alors qu'en réalité l'habit d'homme du monde ne lui allait pas du tout, qu'il était beaucoup plus, beaucoup mieux que cela et en même temps beaucoup, beaucoup moins. Mais c'est ainsi, et pour en revenir maintenant à l'italianisme, il n'y a que des allures là-dedans, et nous jugeons bon de ne rien ajouter à cette phrase. Un soir récent, en rentrant à la maison, j'ai entendu une femme assise sur un banc avec ses voisines dire : « Le lait, je n'en ai rien à faire. Le lait ne me dit rien. Si on me parle de lait, je me fâche. Qu'on me laisse en paix avec le lait. Je n'ai pas un sou de compréhension pour le lait. Versez-moi du café dans la bouche, là vous m'aurez. Le café jouit d'une constante estime à mes yeux, je dirais même franchement et carrément d'une prédilection. Je n'aime pas qu'on me suive. Mais celui qui me suit avec la noble et aimable intention de me procurer du café, celui-là peut toute l'année s'il le veut ne pas me quitter des yeux une seconde. Celui qui chez moi ne prise pas le café, qui veut me faire au contraire l'éloge du lait, je suis en tel désaccord avec lui que je lui ferais presque une scène. Le lait est à mes yeux quelque chose dont on peut autant se passer que le café est indispensable. Arrière avec le lait, je n'aime pas ça. » Quel bruit cela faisait dans la nuit, ce mépris du lait, cet éloge du café. Les gens qui restent toute l'année enfermés dans la ville louent volontiers l'air de la campagne, ils en jouissent en chantant ses louanges. Celui qui se met sur mon chemin s'empêche lui-même d'avancer. Si simple que ce soit à comprendre, il y a des gens qui n'y pensent pas. En mathématiques le simple est à vrai dire très simple, ce n'est pas comme dans la vie en société. Dans la vie on a tendance à négliger les plus simples des choses connues. Cela a quelque chose de comique.

L'aveuglement des hommes profite aux avocats. Il faut qu'ils aient vécu eux aussi. La sagesse est quelque chose de moyen. Nous sommes tous beaucoup trop peu moyens. Beaucoup de gens, des femmes en particulier, ne peuvent pas souffrir la moyenne, précisément parce qu'elle est juste, ou parce qu'elles deviennent jalouses de cette justesse. Les femmes sont plus moyennes, c'est-à-dire plus raisonnables que les hommes et voudraient bien toutes avoir affaire à quelqu'un d'exceptionnel, c'est-à-dire non sage, pour qu'il les amuse, pour qu'il les fasse sourire, car un sourire comme cela fait toujours plaisir. Mais ce pas-comme-les-autres n'est guère enviable, car il n'ira pas loin, ça se voit sur lui, et comme ça se voit, ça fait du bien à l'âme de le voir. Naturellement il ne faudrait pas que le pas-comme-les-autres sache cela, mais il arrive qu'il le sache et alors il est comme les autres, c'est-à-dire leur égal. Car n'être pas comme les autres revient justement à ne pas voir les choses comme elles sont, et tous ceux qui les voient comme elles sont aimeraient avoir affaire à quelqu'un qui en est incapable, comme cela, pour se détendre, car c'est peut-être pénible de toujours voir les gens et les choses exactement comme ils sont, et on aimerait bien se savoir aussi regardé comme on n'est pas à un poil près. Ainsi donc se fait apprécier et rechercher celui qui a une façon tout à fait propre à lui, c'est-à-dire une façon un peu fausse, de regarder le monde, comme s'il était encore un enfant. Et comme les femmes jugent d'une façon si éminemment juste, elles deviennent jalouses des hommes jugeant juste et souhaitent tout naturellement rencontrer un manque de jugement, pour changer un peu, dirais-je, car toutes s'ennuient avec leurs qualités, elles s'ennuient parce qu'elles doivent constamment se rendre mutuellement justice, parce qu'elles sont toutes si effroyablement pareilles dans leur sagesse qu'aucune ne peut plus faire la nique aux autres, leur en faire croire, et pourtant on aimerait tellement cela, car il n'y a rien de plus drôle pour l'homme que de pouvoir en remontrer à l'autre. C'est pourquoi on trouve les singes si amusants, les chiens, les chats, mais ce que les moyens trouvent le plus amusant de tout, c'est l'idiot à forme humaine, l'enfantin, le crédule. Mais si le crédule, l'innocent, s'en rend compte, il prend conscience de son importance et il peut trouver bon de se conduire en conséquence. Mais peut-être souffre-t-il d'y voir clair dans sa situation ? Et si cette souffrance lui paraissait belle ? Et si cette sorte de beauté le faisait rire et s'il ne voyait dans cette sorte de rire que de la beauté ? Et pourtant, malgré que ce type moyen semble généralement répandu, je veux dire cette excellence, il est possible que tous ces moyens ne soient pas de vrais moyens, qu'ils se l'imaginent seulement. Et Edith répondit dans le palais des glaces au reproche que lui faisait Wanda de lui avoir volé le brigand: «Je suis une fille toute simple et je ne le comprends pas du tout. Est-ce que j'ai été le chercher? Allons donc. Un jour il m'a trouvée et il a été, comme ils disent, subjugué. Il en cherchait une qui ait une apparence pour s'y appuyer et pouvoir laisser ses pensées, celles que tu as fait danser en lui, dormir comme de petits enfants fatigués d'avoir fait les fous. Tu lui en as fait voir. C'est dit trivialement mais c'est bien cela, il me semble. Parce que tu ne cessais de fuir devant lui, il s'est mis à en chercher une qui resterait tranquillement près de lui. Tes continuels "hors-de-ma-vue" devaient finir par le rendre nerveux. Tu dois le comprendre. Tu as devant toi une fille qui se tient pour honnête. Je pourrais te dire beaucoup de choses là-dessus. Tu n'as rien réclamé d'autre du brigand que des coups géniaux, mais la fois où il t'a laissé un peu sentir qu'il était dans des dispositions géniales, comme on aimerait dire, tu criais déjà au secours. Et puis il y a que personne ne s'est vraiment occupé de lui. Il est venu à moi parce qu'il souhaitait que je m'occupe de lui. Mais je ne l'ai pas fait, je ne sais vraiment pas moi-même pourquoi je ne l'ai pas fait. Il me pesait un peu avec son silence. Je le fascinais. Au premier moment cela me flattait, mais au deuxième je le trouvais tellement monotone dans sa fascination et je ne voulais pourtant pas non plus l'en faire sortir, je le laissais comme cela, comme il me déplaisait et comme aussi il me touchait assez, comme je le trouvais méprisable et en même temps comme je le respectais assez. Il ne me paraissait pas comme tout le monde, mais j'aurais peut-être trouvé des choses de tout le monde chez lui si je m'étais occupée de lui. Je jouais la timide avec lui, parce que c'est ce qui me paraissait le plus commode, et ça l'était aussi. Nous avons tous un penchant pour la commodité. Toi aussi, Wanda, tu prenais bien tes aises, et s'il lui est arrivé de prendre ses aises lui aussi, avons-nous le droit de nous en plaindre beaucoup ? Je ne crois pas que nous ayons ce droit. Ton reproche de te l'avoir débauché est une commodité. Nous nous sommes conduites envers lui d'une façon très semblable. Moi aussi je l'ai fui et quand il m'a retrouvée, j'ai joué la dédaigneuse et naturellement il trouvait ce dédain magnifique, d'une beauté unique. Et naturellement aussi je ne pouvais alors que me fermer complètement et c'est ce que j'ai fait et je lui ai même dit : "Laisse-moi." Exactement comme toi. Je trouve d'ailleurs gentil de ta part d'avoir essayé de me faire parler, essayé de tirer quelque chose de moi, mais tu n'y arriveras pas. Il m'est tout à fait impossible de te dire la vérité, comment tout cela s'est fait, je ne la connais pas moi-même, la vérité, je ne la connaîtrai jamais. En réalité c'est moi que je ne connais pas, pas plus que je ne le connais, lui, ni toi, et je ne peux pas dire la vérité parce qu'elle se trouve à des millions de montagnes de moi dans une vallée, et c'est là qu'il se tient lui-même souvent, on ne le voit plus que rarement ici. Certains disent qu'il s'est fait construire un lit de parade dans un petit bois pour pouvoir songer pendant des heures sans être dérangé à son aventure avec nous, et c'est à moi qu'il préfère penser plutôt qu'à toi, je lui suis la plus proche, parce que je suis pour lui et pour moi la plus inexplicable et donc la plus belle, bien que tu sois plus belle que moi, mais il l'a oublié. Il n'y a qu'une chose qui m'embête et que je n'aime pas penser, c'est de penser qu'il est content. Mais il faut que je me force à croire que c'est quand même bien. » Comme elle était belle après qu'elle eut dit cela. La vérité, c'est qu'à l'égard de Wanda le brigand s'était senti père et à l'égard d'Edith, petit garçon. Mais les deux filles ne savaient rien de tout cela. Edith tendit la main à Wanda. « Je n'en veux pas », dit celle-ci. Elle dit cela, précisons-le, sans du tout élever le ton, plutôt en faisant celle qui boude. « Elles ne s'en veulent pas », pensa l'auditeur. Vous savez n'est-ce pas, de qui il s'agit, qui est là derrière le rideau. Il me semble vous l'avoir dit.

Du temps où il se rendait chaque jour auprès d'Edith il entendit les témoins dire avec des mines très soucieuses et sur un ton convaincu : « Il la rend malheureuse. » Ces murmures parvinrent peut-être aussi à ses oreilles à elle. Elle devint profondément songeuse. Une fois elle se tenait là avec un visage blanc comme un linge. Elle pensait peut-être qu'elle allait mourir, alors qu'aujourd'hui elle se promène toute rose et épanouie au bras de son type moyen. Aujourd'hui le brigand, lui, est tout pâle d'avoir tant écrit, car vous pensez s'il m'aide bravement dans la rédaction de ce livre. Au protecteur d'Edith, ce type moyen donc, qui semblait d'ailleurs être un type costaud, le brigand adressa un jour la parole à propos de rien et à cette occasion lui fit savoir qu'il aidait un écrivain à faire un roman, que c'était un petit roman mais regorgeant de culture et de substance, et qu'il se rapportait principalement à Edith qui était dans ce petit mais substantiel roman le personnage central. Le brigand souriait en disant cela et l'ami d'Edith, dans l'effort qu'il faisait pour maîtriser sa rage, se mit littéralement à trembler lorsqu'il parvint à dire enfin : « Salaud. » « Rigoureusement parlant, répondit le brigand, nous tous qui écrivons des romans et des nouvelles sommes des salauds, dans la mesure où nous faisons preuve d'un manque d'égards plein d'égard, d'une douce audace, d'une peur intrépide, d'une gaieté douloureuse et d'une douleur gaie au moment où nous appuyons sur la gâchette, c'est-à-dire quand nous tenons en joue nos très estimés modèles. C'est comme cela dans la littérature. Quant à vous, cher monsieur, vous ne paraissez pas être un ami de la poésie, sans cela vous auriez réfléchi avant de proférer le mot particulier cité plus haut. Je vous fais toutefois le serment que je ne le prends pas mal, tout en regrettant l'emploi de ce mot un peu trop fort de "serment" qui ne vous semblera pas tout à fait convenir ici, et à moi non plus. Vous fumez la pipe, à ce que je vois. — Et pourquoi ne devrais-je pas ? — La pipe fera sans aucun doute également partie du roman. — Si je trouvais seulement un mot pour qualifier votre comble d'inhumanité. » Et ils se séparèrent, chacun trouvant préférable de poursuivre son chemin. Il aura naturellement raconté à Edith que le brigand était au service d'un écrivain pour l'aider à écrire une histoire, et Edith se sera efforcée de dissimuler sa frayeur derrière le rideau d'un visage feignant l'indifférence. Mais son ami la devina. Sa moyenne ne lui permit toutefois pas de trouver les mots qu'il fallait pour la consoler. Elle était très énervée et pensait silencieusement : « Qui aurait dit que cela finirait comme cela » et quelque chose comme une douce, chaude larme de mauvaise humeur faisait briller son œil. Et elle songeait : « Je l'ai chassé et là-dessus il est allé trouver un auteur reconnu, lui a tout raconté, et à présent ils unissent leurs efforts pour écrire sur moi, et moi, je ne peux pas me défendre et personne ne prend mon parti. Je dois supporter les écrivasseries de ce mendiant, qui n'a même pas voulu laisser cent francs glisser de son porte-monnaie. Et le plus terrible dans toute cette affaire est qu'il m'aime et qu'il me vole par pur attachement et respect, et le monde entier va savoir qui je suis, jamais je n'aurais cru ça possible. Dieu du ciel, aide-moi à me venger. » Elle joignit les mains et pendant ce temps-là les maisons, toutes proches l'une de l'autre, de la jolie ville étaient tantôt assombries par les nuages, tantôt éclairées par le soleil, et des voitures étaient tirées par des chevaux, le tram s'éclaircissait la voix, c'est-à-dire filait et grinçait et crachait, et des autos roulaient, et des garçons s'étaient mis à jouer, et des mères tenaient des enfants ou des petits par la main, et des messieurs allaient jouer aux cartes, et des amies se faisaient part des derniers événements de nature à éveiller l'intérêt, et ça vivait, ça remuait, des gens s'en allaient, d'autres arrivaient, à pied ou par le train, celui-ci portait un tableau soigneusement emballé, celui-là une échelle, un autre, un canapé même, joliment commode pour te mettre dessus et te laisser emporter, et hors de la ville ils se promenaient dans le vert et dans la ville s'élevait au-dessus des maisons l'église, semblable à un gardien rappelant à l'union et à l'amour, ou comme une grande jeune femme avec l'allure tout à coup du vrai sérieux familial, car éternellement jeunes sont les moments où l'on sent que la vie est sérieuse et qu'elle reverdit, sourit et saigne, et que la foi est la toute première chose et, après un long temps de peu de foi peut-être ou même de foi en rien, devient peu à peu ce qui reste à la fin, dans une parenté avec ce qui germe, et qu'ainsi le premier et le dernier, le commencement et la fin vont ensemble. Comme le fier clocher semblait fléchir avec toute son inflexibilité. L'inflexible fléchit souvent d'une façon intérieure et cachée, et l'immobile se languit de produire du mouvement, et ça remue tout autour de lui, on vient pour le voir, et on n'a finalement rien vu, mais on s'est quand même donné la peine. Ceux qui marchent font quelque chose pour ceux qui ne peuvent pas marcher, et ce sont les pierres qu'on essaye d'amollir, et les mous finissent en pierres. Pourquoi bâtit-on pour la foi un bâtiment muet et chante-t-on ensuite tourné vers la lumière du haut et quitte-t-on consolé, raffermi, entouré de joie par des cris de joie, le parvis ? Et quelqu'un avait dit un jour au brigand : « Tu dérailles », parce qu'il avait parlé de dévouement au travail, mais nous sommes souvent peu aimables dans nos répliques quand on nous dit ce que nous étions justement en train de nous dire, parce que alors nous devons donner raison à celui qui parle. Et l'ami d'Édith dit à celle-ci : « Ne pense plus jamais à lui, tu m'entends ! » Mais le brigand se promenait dans la rue avec la claire conviction en tête que de temps en temps elle pensait à lui. C'est donc ainsi qu'un après-midi eut lieu la montée en chaire dont il a été question et le sermon.

Dans l'église, à l'heure dite, il n'y avait que des jeunes filles, ou presque, car quelques femmes avaient également pris place, des personnalités éminentes, représentatives, on peut le dire, par exemple madame von Hochberg, connue comme bienfaitrice, jouissant par son esprit et son caractère aimable d'une excellente renommée. On disait qu'elle aimait l'entourage de la jeunesse, c'est-à-dire qu'elle avait une préférence pour la joyeuse compagnie. La finance et la science avaient délégué chacune une représentante. L'ambiance générale était des plus animées. Qui ne comprendrait combien l'assistance tout entière, où le monde masculin avait aussi naturellement, bien que dans une moindre mesure, ses représentants, était impatiente de voir la prestation du brigand. Les montres indiquaient de leurs aiguilles trois heures et demie. Naturellement de minute en minute le temps progressait. Qu'il n'ait jamais l'idée de s'arrêter au moins une fois intrigue certaines personnes intelligentes. Ce serait si intéressant, si nouveau, que tout, vraiment tout, se mette tranquillement pour ainsi dire au lit et s'endorme, et dorme, dorme. Mais cela n'arrivera jamais probablement. Le pasteur, un homme imposant, parut enfin devant l'assemblée et lui présenta le brigand, son « cher ami et compagnon de travail » comme, non sans y mettre une fine nuance d'amusement, il l'appela, et celui-ci gravit alors avec naturel, c'est-à-dire à pas gracieux, était-ce encore des pas, disons plutôt à tout petits pas, la chaire de vérité. Toutes les respirations se firent inquiètes. Comment allait-il se conduire en un lieu si vénérable? Cette question ne pouvait faire autrement qu'agiter tous les esprits lorsque, après avoir toussoté discrètement une ou deux fois, ce qu'il fit poussé par le sentiment dont il ne pouvait se défendre qu'une certaine timidité était de mise dans cette enceinte sacrée, il s'exprima en ces termes : « Honorable public ici présent, avec la permission de monsieur le Pasteur, qui a eu la bonté de me donner la main pour me conduire à cette place qui est celle de la prière et de l'élévation de l'esprit, je vous parle de l'amour, et elle, celle que j'aime, elle sera venue pour entendre la façon dont je m'exprime et ce que l'inspiration m'aura fait dire. Oh ! quel beau moment pour moi que celui qui se prépare ! » Bien entendu le brigand s'était habillé comme il convenait, avec sérieux, bien que sans trop de frais. Nous précisons que son costume coûtait soixante francs et que le brigand sortait tout juste du magasin de confection où, à l'issue d'un choix qui avait duré plus d'une heure, il était parvenu, en recourant aux conseils de professionnels, à trouver ce qu'il lui fallait. Il n'avait pas à paraître, n'est-ce pas, comme personnage officiel mais comme individu privé. Il n'avait pas mis de manchettes. Mais personne ne remarqua l'omission. Son visage était légèrement creusé, comme cela se remarque dans les traits de ceux qui cherchent la paix de l'âme, une paix qui semble leur manquer et dont la conquête fait l'objet d'un combat silencieux jour et nuit. L'expression de son visage fut jugée correcte. En commençant son discours il leva la tête le plus haut possible comme un chanteur, qui chante communément vers le haut et non vers le sol. Wanda était assise au treizième rang. On a pu très exactement l'établir. Entre un homme âgé et un petit garçon. N'est-ce pas et ne sera-ce pas toujours le devoir des petits que de servir les grands ? Étrange que nous disions cela justement maintenant. Nous ne nous casserons pas pour autant la tête au sujet de cette remarque, nous ferons plutôt savoir, en ce qui concerne Wanda, qu'elle était merveilleusement jolie, délicate comme une fleur de cerisier, enveloppée d'un voile noir, qui ne signifiait pas nécessairement qu'elle était en deuil, à moins peut-être que son fiancé ne fût mort? Nous ne le savons pas et nous ne devons pas non plus le savoir, et nous n'en avons pas non plus envie. Ses yeux avaient une expression autoritaire. On voit souvent des petits se comporter de façon autoritaire, afin, dirait-on, de donner aux autres l'occasion d'en sourire. Son profond sérieux avait quelque chose de drôle. Superbe l'immobilité où elle se complaisait. N'aurait-on pas dit d'une peinture de Ravenne, de ces premiers temps de l'Église où les objets d'une piété encore neuve étonnaient, glissaient dans les âmes et faisaient ouvrir aux croyants de si grands yeux, si étrangement grands et beaux ? Et Édith, était-elle là aussi? Bien sûr.

Elle était assise au premier rang et elle était habillée tout en blanc, un blanc de neige, comme ses joues, et sur ces joues dévalait le rouge comme un chevalier défiant la mort dévale une paroi et plonge dans l'abîme, afin par son sacrifice de délivrer le pays du charme qui le tient. Ah ! que son embrasement était beau ! Ses petits pieds joliment chaussés s'entrechoquaient comme si l'excitation du moment était tout entière descendue en eux, comme s'ils se parlaient, se querellaient, à la manière de deux pigeons en colère. Édith était l'innocence même. On aurait pu croire qu'elle n'avait nullement eu l'intention de venir jusqu'ici mais qu'elle y avait été tirée par des fils d'argent. Son protecteur était assis à côté d'elle. Avait-il ou non été mis dans le secret, nous laissons cela de côté, et le brigand, donc, poursuivit en sorte qu'on entendit de sa bouche : « Haute assemblée, pleine de gens qui m'écoutent. » Lorsque ces paroles lui échappèrent, un léger, très léger murmure, gloussement, toussotement parcourut les rangées de bancs, mais se dissipa rapidement. On retrouva vite, semble-t-il, le droit chemin de l'attention. Tous ces gens avaient dû pour un instant oublier l'endroit où ils se trouvaient, mais ils paraissaient à présent en être redevenus conscients. « Il doit expier » : cette parole traversa Édith comme si sa personne eût été de verre et qu'une résolution fît trembler et résonner tout ce verre qui était elle. Elle-même n'avait donc pris aucune résolution. C'est la résolution qui rayonnait à travers elle comme le soleil à travers un corps transparent. « Lorsque tout à l'heure, dit le brigand poursuivant ses "confessions", je marchais dans la rue avec mon nouveau costume, j'entendis qu'on disait derrière moi : "Cet habit lui va bien." Cette petite remarque me donna pour ainsi dire des ailes. Il est souvent arrivé dans ma vie que des détails insignifiants m'aient jeté dans un flot de gaieté qui m'emportait comme si j'étais devenu quelque chose de glissant, de planant. Pour ce péché, pas très grand, sans doute, mais peut-être très grand tout de même finalement, je demande pardon à mes chers semblables. » « Même ici il ne pense pas une seconde à son Dieu » : cette idée de justice traversa l'âme, plutôt que la tête, d'Édith. C'était comme si elle avait voulu se dire : « Il a avoué. » « Je n'ai pas l'intention ici d'étaler mes fautes, encore qu'il me serait très facile de m'en décharger par mes aveux. Je pense constamment à toutes ces petites choses, comme à ce jour, par exemple, où je m'étais profondément incliné, pour ainsi dire, devant ma bien-aimée et où elle m'avait à peine regardé, et à ce beau matin devant une librairie du centre de notre ville, où une jeune fille tomba évanouie comme si une puissance invisible l'avait privée de conscience. Combien de fois n'avais-je eu l'idée de lui offrir un bouquet de violettes, sans l'avoir jamais fait ? Un petit bouquet comme cela représente une dépense de cinquante centimes, et pourtant je peux vous assurer que ce n'est pas l'avarice qui m'a empêché de faire ce petit plaisir. Je suis porté à la prodigalité plutôt qu'à la pingrerie, et que maintenant elle soit assise là-bas et qu'elle m'écoute, qu'elle soit venue pour me corriger et m'embrasser, est pour moi un singulier motif de satisfaction, et je me trouve toute raison de rire d'elle intérieurement, et que cela ne soit pas bien du tout de ma part ne fait naturellement que redoubler ma vanité et renforcer la jouissance qui fait ma nature et que je sens en moi comme un battement d'aile et comme un flux qui rassemble toutes mes qualités. On doit aimer les gens, tout simplement, et les servir, me direz-vous, et je vous donne raison. Mais moi durant tout ce temps qui s'est écoulé j'aimais cette fille, dont je ris parce que je l'aime, car l'amour qu'on a pour une fille, le fait d'avoir une bien-aimée, est quelque chose d'un tel secours, de si perpétuellement satisfaisant, qu'on ne pense presque à rien d'autre qu'à s'en réjouir avec gratitude et si en plus on ne peut pas même parler d'amour malheureux, mais s'il est vrai que tout amour est heureux, parce qu'il nous enrichit et que la terre tout entière nous fait bon visage simplement parce qu'on a le cœur vivant, eh bien, de celle qui est là-bas assise, je peux dire qu'elle m'a comblé, sans qu'elle l'ait peut-être voulu, et qu'elle m'a servi, comme si j'étais un maître et comme si la pauvre avait été ma servante, ce que peut-être elle ne voudrait jamais, au grand jamais, être. C'est bien pourquoi je l'appelle à bon droit la pauvre. Ne voyez-vous pas, mesdames et messieurs, comme mon regard passe au-dessus d'elle, comme si elle n'était plus là, elle que j'ai pourtant en mille façons, tranquillement et avec les meilleures intentions, pour ainsi dire exploitée? Je la vois devant moi dans une petite chambre solitaire comme une qu'on a dépouillée, abandonnée, et même si elle avait des joies par milliers, elle serait toujours à mes yeux comme la victime d'un brigand, et je ne peux absolument pas m'ôter le sentiment d'être son vainqueur, et j'en tombe presque à la renverse comme une charrette chargée de fruits, et ces fruits en vérité sont à elle, ils lui ont été dérobés, mon âme avec toute sa joie, son bruit de cloches, lui appartient. J'ai, en effet, depuis que je l'aime, toujours plein de petites cloches suspendues en moi, qui jouent toutes ensemble un air charmant uniquement destiné semble-t-il à ma récréation au meilleur sens de ce mot. C'est à elle, qui m'écoute, que je suis redevable de toute cette retentissante gaieté, qu'elle aurait raison de m'envier, si elle pouvait la deviner, mais j'ai toujours pensé que son intelligence n'y suffisait pas tout à fait. En gros elle s'est toujours comportée comme si elle était devenue mon arbre, sous les feuilles duquel j'ai pu me donner du bon temps. Elle m'offrait de l'ombre en abondance. Avant de la connaître et d'apprendre à l'apprécier, je tournais en rond, pour ainsi dire, dans un certain abattement, mais voilà qu'alors il me fut loisible de m'étendre au bord de la robe d'une princesse et de m'y reposer comme sur de la mousse, et certes j'ai fait largement usage d'une aussi agréable possibilité, et l'assistance comprendra qu'il y a là une somme de générosité dont je ne dis pas que je la méprise mais qui ne m'oblige pas non plus à un respect particulier. Je me suis servi d'elle, et elle peut me faire sourire. Je lui appartiens, sans qu'elle ait de moi la moindre chose. J'aime l'aimer. Cet amour ne me coûte rien. Un type moyen s'occupe d'elle. C'est aussi pourquoi il a toute mon estime et je voudrais lui demander de continuer comme cela. Il me semble qu'il est également présent ici. Mes nerfs sensibles me le disent assez clairement. Qu'il ne doute pas de mon approbation. Je lui ai toujours baisé les mains. Mais aurait-elle pu m'interdire de la coucher dans les draps somptueux de ma tendresse ? Quand je voulais être auprès d'elle et que je lui disais : apparais !, elle le faisait aussitôt. Elle était toujours complaisante, tout à fait telle que je la souhaitais. Elle n'a jamais hésité à être tout pour moi, et je suis naturellement beaucoup, beaucoup plus riche qu'elle, car je l'aime et celui qui aime reçoit toujours tout ce qui lui est nécessaire pour être heureux, et plus encore, de sorte qu'il doit même prendre garde à ne pas trop accepter. Et le visage de cette fille me faisait un effet terrible, et vous comprenez bien pourquoi, car c'était le visage de celle à qui on a tout pris, de la spoliée. Quand je la voyais je m'enfuyais, et ce n'était pas par lâcheté. Il m'aurait été facile de parler avec elle. Je le souhaitais et d'un autre côté je ne le souhaitais pas du tout, je redoutais toute conversation avec elle, parce que je ne la croyais pas très intelligente et que j'aurais pu m'ennuyer en sa compagnie. Est-il permis à quelqu'un comme moi de s'ennuyer? Non, ni permis, ni dû. Pourquoi devrait-ce l'être? Et maintenant elle entend tout cela, et toutes mes paroles visent à la blesser comme il faut, afin qu'elle sente combien je lui suis supérieur, combien l'esprit lui est supérieur qui parle par ma bouche, l'esprit d'un père et d'une mère, l'esprit de l'éducation et l'esprit de l'humanité et de la morale, l'esprit aussi de la patrie. Elle fait partie de ceux qui se contentent du premier août, du jour anniversaire donc de la fondation, du nécessaire fondement de notre liberté et de notre indépendance, pour se demander vaguement à quel pays ils appartiennent. Pour le reste elle veut comme tant d'autres simplement s'amuser. C'est ce que font tous ces gens ordinaires, tous ceux qui n'ont aucune présence d'esprit, et trop peu de présent parce que le lien avec le passé leur manque complètement ou essentiellement. Elle n'a encore jamais été une seule fois à l'église. C'est par pure curiosité qu'elle y est venue aujourd'hui. D'ailleurs elle ne demanderait pas mieux que d'échanger un petit mot avec moi, mais je ferai toujours en sorte que cela n'arrive pas. Un jour elle m'a prié de faire quelque chose pour les aveugles, une offrande, mais j'ai refusé, simplement pour voir la mine qu'elle ferait devant mon refus. Elle avait l'air très déçue et je l'aimais encore davantage pour sa pitié à l'égard des pauvres, ceux qui ne voient pas les roses qui ressemblent à l'évangile, qui ne voient pas les montagnes, les bleues blanches, ni les prairies, les vertes souriantes, ni la forêt, ni ceux qu'ils aiment, mais qui sont peut-être à envier malgré tout de ne rien voir, de ne pouvoir rien voir qu'avec leurs yeux intérieurs, de devoir d'abord penser à ce qu'ils souhaitent voir, mais alors de le voir bien assez clairement et même bien plus clairement que les voyants. L'amour, n'est-ce pas, veut être aveugle et si je fuyais devant Édith, c'était peut-être parce que je voulais rester aveugle. Chaque fois que je la voyais une sorte d'obscurité me tombait dessus. La voir signifiait pour moi la perdre ou alors la voir trop grande, si grande que son apparition me cachait tout, à la fois moi et elle-même. De tout cela une fille sans idée, sans sentiments, n'a aucune idée. Elle ne sent rien, pas même maintenant. Elle croit que sentir, c'est trop commun pour elle, que cela pourrait lui nuire. Le sérieux lui fait défaut. Et son protecteur est d'un ordinaire parfait, il en déborde littéralement, ce qui ne m'a pas empêché, en ce qui la concerne, elle, dans un escalier couvert d'un beau tapis que je n'ai pas besoin de décrire davantage, de l'embrasser. Préparez-vous à présent à un incident désagréable. Il y en a encore pour quelques minutes, il est vrai, car elle ne trouve pas tout de suite le courage de se venger. Elle sait comme elle est lâche. Je me suis toujours présenté à elle habillé d'une façon impossible pour l'énerver et maintenant j'ai déjà en poche des honoraires qui proviennent d'histoires que j'ai inventées sur elle et qui me faisaient tomber de ma chaise à force de rire. Comme ce serait bien si je pouvais m'écrouler maintenant, je serais exactement dans les dispositions qu'il faut pour être relevé, porté sur un lit de feuilles vertes et couché sous une tente. » A ce moment même, il s'écroula. Un léger cri traversa le haut espace de la nef. Édith était debout. Un revolver glissa de ses mains. Le long de l'escalier de la chaire s'égouttait un précieux sang de brigand. On ne versa jamais sang plus intelligent. « Oh, immense intellectuel et non pas moins sot », dit à voix basse Wanda. Quelques messieurs entouraient respectueusement la vengeresse muette. Son type moyen ne se conduisit pas en la circonstance autrement que d'habitude, c'est-à-dire avec tact, c'est-à-dire moyennement. Madame von Hochberg posa sa main sur la poitrine et le front du brigand. Une petite fille dit : « Le cœur bat, je l'entends battre. » On l'emporta. Quelqu'un avait téléphoné pour demander une ambulance qui arriva bientôt. « Il s'est exprimé un peu trop librement tout de même », disait madame le professeur Amstutz. Le coup de feu avait à peine été perçu. Qu'il n'y ait pas eu de détonation fut jugé mystérieux. « Il méritait une leçon », dit un des messieurs qui s'empressaient autour d'Édith. Elle était comme égarée. Les justiciers tombent facilement dans l'embarras. Et puis aussi la fatigue après l'effort. Comme si c'était facile de faire le juge. Par respect des convenances elle fut mise provisoirement en état d'arrestation. Avec les plus grands égards. Sa petite bouche tremblait. Il était clair qu'elle avait agi sous le coup de la fièvre. Elle montrait du reste ainsi tout l'intérêt qu'elle portait au brigand. Chacun pouvait s'en rendre compte. Par avance l'opinion l'avait acquittée. « Pourquoi avez-vous fait cela ? » demanda madame von Hochberg qui s'était approchée de la belle. « Parce qu'on m'a rapporté qu'il avait applaudi la mort de Walter Rathenau. » Cette déclaration provoqua un certain étonnement chez ceux qui eurent la chance de l'entendre. Édith prenait l'allure d'un agent d'on ne sait quel comité. « Est-ce vrai ? insista madame von Hochberg. — Non, j'ai dit ça comme ça. » L'église était à présent vide. Édith fut priée de se rendre dans un pavillon où on l'accompagnerait afin qu'elle pût pendant quelque temps se prendre la tête entre les mains. Il est bien possible qu'elle se fasse des réflexions sur elle-même et soit très jolie ce faisant. Le pavillon a l'avantage de dater du Directoire. Il se trouve dans une sorte de parc national, bien que ce ne soit pas clairement dit. Nous avons eu cette idée, simplement. Dans le parc on peut voir une colonne aux fêlures pittoresques, et Édith a pour devoir, ou plus modestement pour tâche, de rester assise appuyée à cette colonne jusqu'à ce qu'on vienne la chercher.

Un concert a dû naturellement pendant la rédaction de ces pages être manqué. Une fois de plus j'ai laissé passer l'occasion de voir une célébrité. Cela fait combien de fois en tout? Je suis fondé à espérer faire la connaissance d'une des dames les plus distinguées du pays. Dans sa grande bonté elle a bien voulu s'informer de Ma Petitesse. Bon, et alors? « S'il est vrai que nous ne soyons rien de plus que des débutants dans la connaissance des hommes et qu'en ce qui regarde notre volonté de nous connaître nous-mêmes, nous soyons si timides, ou disons le mot, si paresseux, laissez-vous conduire auprès de votre brigand qui est à l'hôpital, chère Édith, si vous ne m'en voulez pas de vous traiter si vite aussi familièrement que si c'était depuis toujours, mais vous êtes belle et bonne », dit madame von Hochberg à la fille du pavillon, en la priant ainsi de la suivre et en lui avouant son admiration pour elle. « Oh, mais madame! » repoussa doucement Édith avec sa grâce habituelle le compliment. « Comment va-t-il ? ajouta-t-elle sur le ton dit de l'attente angoissée. — Vous verrez vous-même, éluda madame von Hochberg la question de la jeune fille à la beauté de cygne, et sur le chemin toutes deux se turent. Leur chemin leur fit longer, soit dit en passant, une maison d'édition qui s'intéressait principalement aux ouvrages scientifiques. Les auteurs littéraires étaient employés ici ou là comme guides de montagne, ou frisaient des cheveux en tant que garçons coiffeurs, tout en s'efforçant de faire bonne mine à la nécessité d'élargir leur créneau économique. Le brigand venait de manger et à présent dormait. Le coût des soins était pris en charge au titre de l'Assistance publique par la commune, qui s'y croyait tenue parce que c'était dans l'exercice d'un acte public qu'il était tombé dans l'état de faiblesse où il se trouvait à présent. Médecins et infirmières s'étaient pris d'un faible pour leur si étrange patient. Il remerciait chaque fois avec de vraies manières d'ange pour une visite ou une poignée de main. Il avait tout simplement l'air de quelqu'un qui ne manque pas de savoir-vivre. Il n'avait pas encore le droit de lire. Le cerveau avait besoin de repos. Naturellement les journaux avaient pris bien soin de relater l'incident romantique dans l'église en ne négligeant aucun détail. De nombreuses cartes postales s'enquérant en une phrase de l'état du précieux patient lui étaient apportées sinon jusque sur son lit, du moins sur une petite table dont les pieds étaient pourvus de roulettes afin que le malade pût d'une main par un effort très facile la tirer vers lui ou la repousser. On rapporte qu'il mangeait chaque dimanche son poulet, juteux à souhait. Mais nous ne voulons pas nous plonger trop profondément dans tous ces détails. Nous n'en sortirions plus. Il était si peu ailleurs qu'auprès d'elle que l'indissociabilité, lui semblait-il, se comprenait d'elle-même et que la séparation ne se comprenait pas du tout. Elle aurait pu le mettre dans sa plus petite poche, tellement petit, minuscule à ses yeux, l'avait rendu son appartenance à Édith. Plus nous nous sentons petits, et plus nous sommes heureux. Il reçut entre autres une lettre de cette personnalité de poids, cette autorité sexuelle qui entre parenthèses n'était pas qu'un peu soumise au martelage, aux battements et aux secousses de son rêve d'aventures, c'est-à-dire son besoin d'une expérience intellectuelle de la sexualité ou pour mieux dire encore de faire connaissance avec l'âme du sexe. Lorsque les deux femmes parvinrent à la chambre du n° 27, car tel était le numéro de la brigandine chambre d'hôpital, la baronne prit la parole et dit : « Avant que nous entrions, je dois encore mettre plusieurs choses au point. Qu'est-ce que je voulais vous dire ? Ce que nous voulons dire peut très facilement nous échapper pour peu qu'une tout autre chose nous vienne à l'esprit, mais nous devons sans cesse renouveler nos efforts de mémoire au service d'une clarté sans équivoque et de l'amour de la vérité. Je vous aime trop pour me disputer avec vous. En ce qui concerne les fameux cent francs qu'il aurait déjà dû depuis longtemps vous remettre rien que par galanterie, je le considère comme entièrement absous de cette faute, puisque vous venez de le punir pour ce manquement à son devoir. Mais on pourra y revenir à tout moment. Vous n'avez donc nullement perdu cet argent et si vous y tenez absolument, vous y aurez toujours droit. Il vous a lourdement offensée et vous vous êtes lourdement vengée de lui. Trop peut-être. Mais c'est un individu si fort que sa souffrance lui fut douce. Toute la ville aussi bien a reconnu qu'il vous hypnotisait, qu'il recherchait votre vengeance, que vous êtes devenue la victime de son art de vous imposer son désir, et c'est aussi pourquoi vous avez été acquittée. La Calabre, d'après les dernières recherches, serait sa patrie. Mais même si l'on ne peut dire que chaque syllabe, chaque geste chez lui soit franchement suisse, je le tiens pour un Suisse aussi bon et brave qu'un autre. Il vous aime immensément, comme un fou, au comble de la ferveur et du sans-gêne. Je ne veux naturellement pas vous donner le moindre conseil sur la façon dont vous devez le juger, mais vous devriez quand même vous dire que vous ne retrouverez pas si vite quelqu'un capable d'une telle délicatesse dans ses sentiments, quelqu'un qui ne veut rien avoir, qui veut donner tout ce qu'il a, tout ce qu'il est. Vous n'auriez eu qu'à lui dire : "Donne", car il n'attendait que cela, de tous ses vœux; mais l'homme le plus timide qui soit, curieusement, intimide toutes les filles, et celui qui vous respecte vous inspire du respect. Il connaît naturellement très bien ce qu'on appelle la vie mais parce qu'il veut l'aimer et l'aime vraiment, il peut arriver qu'il la comprenne mal et du coup ait l'air d'un ignorant. Cela dit en passant. Mais la chose principale, c'est qu'il y a en lui un dévouement inépuisable. Vous pouvez l'envoyer au travail avec pour condition que le salaire vous en revienne et que celui qu'il aura pour sa peine soit la permission de vous voir une seule fois par an. A un homme tel que ce brigand il faut donner des choses à faire, tout simplement, car il a soif de servir. Mais bien entendu vous n'étiez pas tenue de deviner tout cela en lui et c'est sûrement très bien que les choses aient été comme elles sont, et à présent je trouverais cela gentil que vous l'embrassiez. Il dort, vous n'avez donc pas à craindre qu'il rie de vos bons sentiments. C'est qu'il ne peut s'empêcher de rire de tout ce qui est bon et beau, sacré et plein de sens, et c'est justement cela que les gens lui reprochent, en quoi ils montrent simplement qu'ils sont sentimentaux. Eh oui, la plupart d'entre nous aujourd'hui sont des sentimentaux. » Sur ces mots, elles entrèrent dans la chambre. « Regardez ce visage de petit garçon qu'il a. Il peut naturellement être quand même un brave homme », fit observer madame von Hochberg. « Édith, m'as-tu pardonné ? » dit la bouche du dormeur avec une intonation qui faisait presque un peu rire. Il parlait en rêve. Ainsi même dans ses rêves il avait l'audace de l'importuner. Elle se pencha sur lui, prit sa tête, que la fièvre rendait brûlante, dans sa main, cette main qu'il avait si souvent regardée, et pressa sa bouche, une bouche qu'il aimait tellement, qu'il aimait par-dessus tout, qui était devenue pour lui en soi et pour soi un objet sacré, sur la sienne. « La fourrure non plus il ne me l'a jamais achetée. Il n'y a pas plus méchant que lui sur la terre. » Mais dans son rêve c'était celle qu'il aimait par-dessus tout qui venait de dire cela de lui. Là, elle était la Très-haute et, plus vilaine était l'opinion qu'elle avait de lui, plus haute et plus belle elle était à ses yeux. « Sommes-nous donc là pour nous comprendre les uns les autres, ne sommes-nous pas plutôt destinés à nous méconnaître, afin qu'il n'y ait pas trop de bonheur et que le bonheur ait encore un prix, et afin que les rencontres forment un roman, lequel ne serait pas possible si nous nous connaissions ? » se demanda madame von Hochberg, et c'est en tant que femme mûre qu'elle posa cette question à la face du monde, tout en appelant Edith sa gentille petite fille obéissante et en la poussant vers la sortie. « Il s'est souvent mis à genoux à même le sol dans cette chambre et il a joint les mains pour prier Dieu de te rendre heureuse. Penses-y, et maintenant, avec ta permission nous allons nous distraire un peu. »

Et maintenant, pour terminer le livre, ce résumé encore. L'ensemble me fait d'ailleurs l'effet d'une longue, longue glose, ridicule et insondable. Une petite aquarelle, qu'un jeune peintre à peine sorti de l'adolescence exécuta, nous a donné l'impulsion d'où sont sorties toutes ces pages culturelles. Réjouissons-nous de cette victoire de l'art. Aujourd'hui, mesdames et messieurs, je m'admire presque. Je me ravis. Vous aussi dans l'avenir vous croirez de nouveau, plus vite et plus intensément, en moi. En douter serait un manque d'humour. Je prétends toujours, comme au début de cette entreprise intéressant la librairie et la littérature, que celui qui n'a pas d'argent est une canaille. A bas le brigand ! Couche-toi, brigand. Tombe aux pieds d'une serveuse. Il est grand temps que tu obéisses. Voici que le garnement montre son nez derrière un gros tronc d'arbre. Il sera donc sorti indemne de tous les hôpitaux du monde. Sa santé est meilleure que jamais. Edith trône sur le plus haut sommet des adorées. Qu'on accorde à cette jeune fille les triomphes qu'elle célèbre. Dans quelle mesure le brigand, auquel à la surprise du lecteur nous n'avons toujours pas accroché de nom, lui aurait-il simplement servi de jouet, et si peut-être lui-même n'eût rien fait d'autre à son tour que de jouer avec elle, avec toutes ses grâces et ses auréoles, laissons tomber cette question dans le gouffre de la plus limpide des obscurités interdites. On ne doit pas tout découvrir, éclairer, sinon il n'y aurait plus de plaisir à réfléchir. Veillons à ce qu'il y en ait parmi nous qui réfléchissent, pensent, sentent. Oh ! comme il fait bon à la lisière des bois ! Cher enfant, je t'en prie, comprends donc cela. Il y a peu de chances qu'il fasse encore une rencontre aussi intéressante et importante que celle de cette femme enduite de tous les vernis possibles, scintillante, l'exclue. Nous réjouit tout particulièrement que nous n'ayons pas eu à traîner le brigand chez Edith. Son usage d'un revolver était une étourderie. On aime les imprudents plus que tous les autres. Il n'a donc pas eu à lui rendre visite, c'est à lui qu'elle est venue rendre visite, ce qui signifie donc pour lui un grand honneur. Madame von Hochberg passe pour avoir le meilleur goût. En ce qui me regarde, Edith peut bien rester la Très-haute aux yeux de ce mouille-culottes et marchand de dentelles. Lui et moi font en tout cas deux. Nous le prenons pour un nigaud, parce qu'il manque d'argent, qui est dans la vie la baguette magique qui fait miraculeusement sortir des joies et des déluges d'amour des cachettes et des solitudes. Il y a des cernes noirs autour de ses yeux malheureux. Abandonnons ce vaurien à son océan de naïveté. Pour ses effusions de sentiment, qu'il se cherche lui-même une pente afin de pouvoir se dire qu'il est la plus belle chute de personnalité qu'on puisse voir sur terre. Ses mains sont comme des rois portés haut et retombés. Cette belle phrase vous impressionne? Les petits pois sexuels ont été mangés jusqu'au dernier chez cette éminente personne, et Walter Rathenau est dignement vengé. Nous avons reçu il y a quelque temps une carte de Hollande, où quelqu'un s'enquérait de l'état de nos activités. Nous supposons qu'on veut nous donner un poste de directeur. Je me sens effectivement né pour donner des ordres. N'auriez-vous pas remarqué cela depuis longtemps déjà à ma façon d'écrire? Mieux vaut tard que jamais. La bouche d'Edith est restée pour ce voyou de brigand une insoluble énigme. Je propose qu'il soit placé sous surveillance. Des centaines de jupons ont de la sympathie pour lui. Lorsqu'il est sorti de l'hôpital il est resté d'abord une demi-heure immobile dans la rue sans rien dire, puis il a fait quelques petits pas, s'est arrêté de nouveau et s'est écrié : « Partout il y a seulement elle. Elle est l'univers. » Nous refusons naturellement de nous tenir pour responsable de ce genre d'extravagances, nous nous contentons de donner acte des tensions que subit sa raison. Nous, on nous tient, Dieu merci, pour sensé. Une bonne réputation est déjà par elle-même une preuve de bon sens. Compagnes de destin, femmes, veux-je dire, formez une gracieuse société secrète contre la mauvaise humeur des hommes! Organisez-vous, je veux être votre guide. La carte de Hollande était écrite par un ami de Rathenau. Vous voyez jusqu'où un paysan comme moi peut étendre son prestige, de riches et inoffensives coulées de prestige. Que cela vous touche particulièrement. Dernièrement Edith a descendu la ville à toute allure sur une moto. Moi c'est moi, et lui c'est lui. J'ai de l'argent et il n'en a pas. C'est la grande différence. Quant à Wanda, nous avons appris à la regarder de haut, par un travail exercé sur nous-même. Une personne de qualité comme moi a-t-elle jamais relé-ché une petite cuiller? Impossible. Des personnages comme j'en suis un s'entretiennent avec des jeunes gens distingués, le dimanche après-midi, de Goethe. Le talent dont il fait preuve dans sa collaboration à d'excellents journaux et spécialement les services rendus dans l'élaboration du présent manuscrit commencent à être reconnus. Des professeurs d'université le saluent avec insistance. Le jobard ne se comprend pas. C'est une sorte de petite bête à bon cœur, archibête. Si pour la bêtise il n'était pas un vrai Crésus, il ne serait qu'à moitié ce qu'il est. Nous voyons en lui aussi bien la nonchalance personnifiée et la conscience morale de toutes les nations. Comme nous y allons. Le sérieux nous regarde, je lève les yeux à mon tour, et si peu logique que cela paraisse, j'affirme et je déclare que je suis d'accord avec tous ceux qui tiennent pour convenable qu'on trouve le brigand agréable et qu'à partir de maintenant on le connaisse et on le salue.

POSTFACE

par Jean Launay

Ce livre originellement sans titre ni rattachement explicite à un genre est devenu par sa publication en 1972 Le brigand, *quatrième et dernier roman de Robert Walser, après* Les enfants Tanner *(1906),* Le commis *(1907),* Jakob von Gunten *ou* L'Institut Benjamenta *(1908). Trois autres ne nous sont pas parvenus, détruits par leur auteur selon son témoignage ou portés disparus au cours de vaines tentatives pour les faire éditer. Un sort analogue paraissait promis au* Brigand, *et s'il y a finalement échappé, on le doit à la curiosité persévérante de l'éditeur des œuvres complètes, Jochen Greven, qui, dix ans après la mort de Walser (1956) et plus de quarante ans après la rédaction du livre (1925), exhume du fonds des manuscrits laissés à l'état de brouillon — soit plus de cinq cents feuillets de formats divers, écrits au crayon en lignes serrées et en caractères ne dépassant pas deux millimètres — les vingt-quatre feuillets, à peine raturés, qui contiennent sans indication formelle d'un début ni d'une fin l'histoire dite du* Brigand. *Aucune allusion de l'auteur, ni écrite, ni oralement recueillie, n'en avait trahi l'existence.*

Cette année 1925 passait aussi bien dans la biographie de Robert Walser telle qu'on la présentait généralement au moment de sa résurrection littéraire, dans les années 60, pour un tournant, l'année de crise, marquée par des troubles psychiques manifestes, perçus par l'entourage, et dont l'aggravation aurait donc conduit tout naturellement Walser quatre ans plus tard, en 1929, à l'internement dans un asile, puis au silence jusqu'à sa mort. Quelles lumières sur cette nuit naissante ne pouvait-on dès lors attendre d'un texte relativement long, comparé à la production habituelle de l'écrivain, et dont le caractère autobiographique était, même à première vue, évident! Il faudra cependant plusieurs années à Jochen Greven assisté de Martin Jurgens pour déchiffrer la lettre difficilement lisible, voire illisible parfois, de ce qui devait être d'abord un document. Lorsqu'il prend place au volume VI des Œuvres complètes publiées en 1978, son rang d'œuvre majeure est si bien reconnu qu'il lui vaudra au cours des années suivantes les soins d'une deuxième lecture, conduite par Bernhard Echte et Werner Morlang, modifiant par corrections, lacunes comblées, conjectures nouvelles, cent cinquante endroits du texte. Cette dernière version, peut-être encore améliorable, disent modestement ses auteurs, est celle qui a servi à la présente traduction.

*

Loin d'être une année d'effondrement, 1925 est la plus productive, au moins quantitativement, de toute la vie d'écrivain de Robert Walser. Elle prend place dans les années bernoises qu'on doit faire durer jusqu'en 1933 en y annexant le séjour à l'asile de Waldau dans la banlieue de Berne à partir de 1929, période durant laquelle Walser ralentit mais n'abandonne pas la pratique de l'écriture, sous forme essentiellement des « microgrammes » dont il a été question plus haut. 1933, c'est l'arrachement par décision administrative au canton natal et le transfert à l'asile de Herisau dans le canton d'Appenzel, c'est aussi la fin des derniers journaux restés fidèles à la publication des textes de Walser, en particulier celui de Max Brod et Otto Pick à Prague, c'est désormais le silence résolu et assumé jusqu'au bout.

A Berne Walser était venu en 1921. Il avait derrière lui, si l'on s'en tient à sa carrière d'écrivain, les années berlinoises (1905-1913), suivies d'une retraite ou d'un retrait à Bienne, sa ville natale. Durant tout ce temps, écrire est son exclusive activité professionnelle[1]*. Il est donc dépendant des maigres ressources de ce qu'il appelle lui-même son « Prosastückligeschäft », son commerce de petites choses en prose, très diversement rétribuées. Quant aux recueils publiés (le dernier de son vivant est* La Rose *en 1925), ils lui rapportent à proportion de leur tirage, c'est-à-dire presque rien. Pendant et après la guerre, la presse qui s'intéresse à ses petites proses s'est réduite à quelques journaux suisses et parallèlement la*

1. Son dernier emploi avait été pendant quelques mois celui de secrétaire de la Sécession Berlinoise en 1907. Auparavant et pour un temps tout aussi court il avait servi comme domestique dans un château en haute Silésie (1905).

productivité de l'écrivain a baissé, au point que pour échapper à l'épuisement qui à tous égards le menace Walser se résout à faire encore une fois, après Berlin, l'épreuve d'une grande ville. « J'étais très pauvre à l'époque. Et puis, j'avais épuisé peu à peu les motifs et arrière-plans que Bienne et ses environs avaient à m'offrir. C'est dans cette situation que je reçus une lettre par laquelle ma jeune sœur Fanny m'apprit qu'elle connaissait à Berne un emploi qui pouvait me convenir. Aux Archives cantonales. Il n'était pas question de dire non. Malheureusement, je m'attirai au bout de six mois les foudres du directeur. Je lui avais fait une remarque insolente et il ne s'en était pas remis. Je fus congédié et je repris aussitôt mes activités d'écrivain. Confronté à la grande ville, puissante, débordante de vitalité, j'abandonnai peu à peu mon style maniéré de pastoureau biennois et me mis à écrire d'une façon un peu plus adulte, plus ouverte à la scène internationale. Et comme je profitais également de la force d'attraction exercée par la capitale de la Fédération helvétique, le résultat fut que je reçus alors de nombreuses demandes et commandes de journaux étrangers. Il s'agissait de trouver de nouveaux motifs, de nouvelles idées. Mais le surmenage intellectuel nuisit à ma santé[1]. »

Les nouvelles idées *viennent au rythme de démé-*

1. Carl Seelig, *Promenades avec Robert Walser* p. 26.

nagements incessants (plus d'une douzaine, dit-il), chez autant de logeuses différentes, et de rencontres à tous les étages de la société bernoise, y compris même chez des « directeurs » depuis que le secours de deux héritages[1] *lui permet quelques dépenses. Sur le* surmenage intellectuel Le brigand *apporte son propre témoignage. Il a pu et pourra encore donner prise aux diagnostics. Un passage du livre, « la visite chez le médecin », leur ouvre lui-même la voie ; c'est aussi un sommet de l'humour walserien.*

Pour notre part, et en retrait de toute explication, une image aura constamment accompagné cette traduction du Brigand, *qui fut elle-même semblable à une partie de gendarmes et voleurs, du gabelou français aux trousses d'un imprévisible vagabond suisse en cavale dans la langue allemande :* Le brigand, *ou la course-poursuite, réglée comme un pari, entre un écrivain et* sa vie d'écrivain. *La course est à la fois de vitesse et d'endurance, car il ne s'agit plus seulement de ces parcours brefs où Walser excelle, mais d'une succession d'étapes. De la ligne de départ et de celle d'arrivée, c'est chaque fois la vie présente, l'inspiration du moment, qui décide. Le seul enjeu est que toutes ces étapes composent* un tour, *au terme duquel l'écrivain s'engage à rattraper son brigand, son ombre, voleuse et complice. L'épreuve, dont le départ peut être daté des premiers jours de juillet 1925, aura duré, selon « les suiveurs » de l'édition critique, environ six*

1. L'un provenant de son frère aîné Hermann, qui s'est suicidé en 1919, l'autre, relativement considérable, échu en 1922 d'un oncle de Bâle (Basilea, qu'on peut écrire Batavia... cf. p. 15).

semaines. Peu auparavant, ce prosastückli, *publié simultanément à Zurich et à Prague, en dénonçait les* conditions inhumaines.

WALSER SUR WALSER

Vous pouvez entendre parler ici l'écrivain Walser.

A Monsieur Walser, écrivain !

C'est ainsi que me sont adressées certaines lettres, comme si ces gens, que mon sort préoccupe, voulaient me rappeler à ma qualité d'écrivain.

Serait-ce qu'il dort, l'écrivain en moi ?

Et que de bien intentionnés voudraient le réveiller ?

Du temps par exemple où je vivais *Le commis*, l'écrivain Walser dormait bien encore. Sinon j'aurais été un commis bien peu naturel.

Pour écrire *Les enfants Tanner*, il a fallu attendre longtemps, de façon inconsciente naturellement. Plutôt qu'à sa qualité d'écrivain, c'est à celle d'homme que je rappellerais, moi, un écrivain. D'où vient l'écrivain sinon de l'homme ?

Je connais des gens qui pensent que ça écrit trop. Comme il y a aussi trop de peinture, par exemple.

Je pense aussi comme eux, et c'est pourquoi l'apparent sommeil actuel de l'écrivain Walser ne m'inquiète nullement. C'est un comportement qui me réjouit.

Quand j'étais commis dans la réalité, avais-je idée que de ce moment vécu naîtrait un « roman réaliste », que la réalité effective, donc, aurait un effet écrit? Non, pas la moindre!

Walser vivait déjà en ce temps-là, dormait aussi déjà, écrivait aussi déjà extrêmement peu. Mais c'est parce qu'il s'abandonnait alors à ce qu'il vivait d'une façon désintéressée, c'est-à-dire sans se soucier d'écrire, et donc n'écrivait encore rien, c'est pour cela qu'il écrivit son *Commis* des années plus tard, c'est-à-dire seulement après. Il ne mourait donc pas en ce temps-là du désir insatisfait de publier un livre.

Tout ce que l'écrivain Walser écrivit « plus tard » a bien dû enfin être vécu par le même Walser « auparavant ».

Quelqu'un qui n'écrit pas peut-il même boire son café le matin?

Quelqu'un comme cela ose à peine respirer!

Et ce Walser, lui, qui va se promener chaque jour encore une petite heure, au lieu d'écrire jusqu'à ne plus pouvoir. Avec son don naturel de trouver des prétextes pour aider des filles de salle à mettre le couvert. Pourquoi Walser a-t-il vécu toutes sortes de choses jadis?

Parce que l'écrivain en lui était bien content de dormir, et ne l'empêchait donc pas de vivre. Et c'est ce qui le rend d'avis qu'on ferait bien de le laisser largement à son inconscience, et il prie ceux qui se font pour lui du souci de patienter une dizaine d'années, en souhaitant d'ici là à ses collègues tous les succès imaginables. Pourquoi la réputation de Walser laisse-t-elle tout autre que lui moins froid que lui-même ?

Quand j'écrivais par exemple *Les Enfants* (Tanner), combien étais-je encore vierge de célébrité ! Si j'avais été déjà célèbre, le livre n'aurait pas vu le jour. Je souhaite donc ne pas retenir l'attention. Si on devait quand même me prêter attention, je ne ferais de mon côté aucune attention à ceux qui me prêtent attention. Les livres que j'ai écrits jusqu'ici ne l'ont pas été par force. Je pense qu'écrire beaucoup ne suffit pas à faire de riches écrits. Qu'on m'épargne avec les livres que je faisais « dans le temps ». Qu'on ne les surestime pas et qu'on veuille bien essayer de prendre le Walser vivant comme il se donne.

DU MÊME AUTEUR

Aux Éditions Gallimard

LES ENFANTS TANNER, Folio n° 2380.
LE COMMIS.
LA PROMENADE.
LA ROSE.
SUR QUELQUES-UNS ET SUR LUI-MÊME.
LE BRIGAND, Folio n° 2900.

Dans la collection L'Imaginaire, avec l'autorisation des Éditions Bernard Grasset

L'INSTITUT BENJAMENTA (Jakob von Gunten), L'Imaginaire n° 80.

Composition Euronumérique.
Impression Société Nouvelle Firmin-Didot
à Mesnil-sur-l'Estrée, le 26 octobre 2005.
Dépôt légal : octobre 2005.
1er dépôt légal dans la collection : novembre 1996.
Numéro d'imprimeur : 76423.

ISBN 2-07-040090-5/Imprimé en France.

139831